Marianne Wellershoff

Nah dran

INHALT

DER KAKADU

Walter hatte es sich eingerichtet in seinem Leben. Er bewohnte eine Drei-Zimmer-Wohnung mit Wohnzimmer, Arbeitszimmer, Schlafzimmer, großer Küche und kleinem Bad. Holzfußboden. Ein Balkon vor dem Wohnzimmer. Die Wohnung lag in einem Dreißiger-Jahre-Rotklinkerhaus, und das einzige, was Walter störte, waren die niedrigen Decken. 2,80 Meter, und da er selbst 1,93 Meter groß war, fühlte er sich immer ein wenig eingezwängt, wenn er stand. Dafür war die Miete günstig.

Seine Ikea-Standard-Einrichtung mit Billy-Regal und dem birkenholzfurnierten Couchtisch Lack hatte er nach und nach mit einigen Designerstücken aufgebessert. Vor kurzem hatte er sich das Sofa Charles von B&B Italia angeschafft, in einem dunklen Rot, 2,28 Meter lang, so daß er, das Notebook auf den ausgestreckten Beinen, darauf sitzen und im Internet surfen konnte. Neben ihm, auf einem Beistelltisch, stand ein Latte Macchiato im großen Glas, mit Kakaopulver auf dem dicken Schaum.

Walter mochte es, wenn die Details stimmten. Nachdem er in einer Zeitschrift gelesen hatte, Espresso müsse mit einem Druck von 13 Kilo ins Sieb gepreßt werden, übte er so lange mit einem Teelöffel auf seiner Waage, bis er ein Gefühl dafür entwickelt hatte, wieviel Kraft er einsetzen mußte. Allerdings war er sich nicht sicher, daß er wirklich einen Unterschied schmeckte.

Seit Jahren arbeitete Walter bei Syscom. Anfangs, da studierte er noch Informatik, hatte er dort Computer verkauft. Nun beriet er schon seit langem Firmen in Netzwerk-Fragen. Manchmal sprang er am Wochenende beim 24-Stunden-Bereitschaftsdienst ein. Eigentlich war er dafür überqualifiziert, andererseits hatte er nichts dagegen, weil seine Sonntage ohnehin ereignisleer waren.

Nur daß er mit einem Smart zu den Kunden fahren mußte, störte ihn. Er fand das Auto häßlich; es war ein mißglückter Versuch, ein niedliches Stadtauto für lebensfrohe Singles zu entwerfen. Wenn er im Smart saß, fühlte sich Walter unförmig und alt. Und, was noch schlimmer war, er kam sich lächerlich vor. »MacDoctor« stand in gelber Schrift auf den schwarzen Türen, darunter die Telefonnummer seiner Firma. Am liebsten wäre Walter mit seinem eigenen Auto gefahren, aber er besaß keins.

Die Wochenenden verliefen immer gleich: Am Samstagvormittag kaufte Walter auf dem Markt ein, erst am Stand des Öko-Bauern, dann beim Käsehändler, und schließlich nahm er beim Italiener die frischen Nudeln mit, die gerade im Angebot waren. Wenn er Gäste zum Abendessen eingeladen hatte, was ziemlich selten vorkam, ließ er sich entsprechend mehr Nudeln abwiegen. Außerdem kaufte er dann noch gemischte Antipasti und Tiramisu.

Dienstags spielte Walter Volleyball. Früher war er mal in der Kreisliga gewesen. Mit der Zeit war er schwerer geworden, vielleicht auch nur schwerfälliger. Inzwischen reichte es ihm, einmal in der Woche zum VC Victoria zu radeln, in einer ziemlich mittelmäßigen Mannschaft zu spielen, nach dem Training mit den anderen noch bis Mitternacht in irgendeinem Lokal in der Nähe zu sitzen und zwei Hefeweizen zu trinken. Ab und zu stieß ein neuer Spieler dazu, mal zog einer weg oder hörte einfach auf, meistens wegen der Kinder. Dann gab es noch die ein oder andere Liebesaffäre im Verein, mal länger, in der Regel aber kürzer.

Vor allem seine waren immer sehr kurz gewesen. Nach der ersten Nacht hatte er noch Hoffnung, daß er sich in der zweiten Nacht verlieben würde. Aber entweder gab es gar kein weiteres Treffen oder die Frau hielt dem Vergleich nicht stand. Dem Vergleich mit Claudia, mit der er acht Jahre zusammen gewesen war und die ihn vor vier Jahren wegen eines anderen verlassen hatte. Claudia, seine große Liebe, blonde Haare, graue Augen, ein zerbrechlicher Körper, viel zu hübsch für ihn, das hatte er von Anfang an gedacht. Die gescheiterte Beziehung war zu einem Einrichtungsgegenstand in Walters Leben geworden.

Trotzdem fühlte sich Walter nicht unglücklich. Suboptimal war sein Leben vielleicht, doch das war etwas, das man akzeptieren mußte. Wenn er abends mit einem Glas Rotwein auf dem Sofa saß und das Fernsehprogramm ihn langweilte, dachte er allerdings manchmal, daß sein Alltag immer mehr zusammenschrumpfte. Dann nahm er die nächste Einladung ins

Kino oder zum Abendessen bei einem Vereinskollegen an. Oder er fragte Tobias, mit dem er befreundet war, seit sie mal im selben Haus gewohnt hatten, ob sie nicht ein Restaurant ausprobieren sollten, das gerade neu aufgemacht hatte. Manchmal verabredeten sie sich zum Squash, schlugen die Bälle mit der alten Härte, fast jedenfalls, und jammerten anschließend in der Sauna über Knieschmerzen.

Vor kurzem war Walter mit Bärbel in ein Jazzkonzert gegangen. Sie arbeitete seit einem Monat bei Syscom in der Buchhaltung. In der Mittagspause hatten sie sich zufällig bei »Oh, it's fresh« getroffen und dann gemeinsam ihre Sandwiches gegessen. Dabei hatten sie festgestellt, daß sie beide ins Konzert von Pat Metheny wollten, und Bärbel hatte vorgeschlagen, doch zusammen hinzugehen.

Walter hatte der Abend Spaß gemacht, und er hatte sogar kurz überlegt, ob er versuchen sollte, Bärbel ins Bett zu kriegen. Er fand sie ganz reizvoll, obwohl sie nicht Claudias fragilen Idealkörper hatte, sondern alles an ihr rund war – Gesicht, Brüste und ihr kleiner Bauch, der sich über dem Hosenbund wölbte. Vor allem gefiel ihm, daß sie von einer unerschütterlichen Fröhlichkeit war, hinter der er Einsamkeit vermutete. »Sissi-Syndrom« nannte man das, den Begriff hatte er mal in der Zeitung gelesen.

Schließlich aber erschien ihm die Gefahr von Komplikationen nach einer Affäre zu groß: Wahrscheinlich würde er sich wieder nicht verlieben, Bärbel dagegen vielleicht schon, und dann würde man sich jeden Tag in der Firma begegnen mit gemischten Gefühlen aus Enttäuschung und Scham. Natürlich war es auch möglich, daß sie sich gar nicht weiter für ihn interessierte und ihn abwies. Letztendlich, dachte Walter, war die ganze Sache das Risiko nicht wert. Als Bärbel fragte, ob er mit zu Till Brönner wollte, der neuerdings nicht nur Trompete spielte, sondern auch sang, sagte er ab. Das Konzert war an einem Dienstag, seinem Volleyball-Abend also, und sie sah sofort ein, daß er beim Training nicht fehlen durfte.

An einem Sonntagnachmittag rief Claudia an. Walter las gerade einen Wirtschaftskrimi über eine betrügerische Start-up-Internetfirma, die von smarten, arroganten Selbstdarstellern geleitet wurde. Er hatte immer noch nicht ganz verwunden, daß er Ende der neunziger Jahre zu ängstlich gewesen war, ein eigenes Unternehmen zu gründen, an die Börse zu gehen und abzusahnen. Er mochte das Buch, weil er annahm, daß die Jungunternehmer am Ende scheitern würden.

»Wußte ich doch, daß du um diese Zeit mit Sicherheit zu Hause bist«, sagte Claudia.

Die alte Stichelei. Oder nur eine belanglose Bemerkung?

»Ja, offensichtlich bin ich das«, sagte er und ärgerte sich sofort über seine Schroffheit, die sie zu Recht als Überempfindlichkeit deuten konnte. Er unterdrückte deshalb den Impuls, gleich »was willst du?« zu fragen.

Sie erzählte es ihm sowieso. Sie würde wegen ihres Jobs einen Monat nach England gehen, ein befristetes Projekt. Er gratulierte ihr und fragte sich, ob sie ihn angerufen hatte, um ihm zu imponieren, oder um ihm zu beweisen, daß das Leben ohne ihn viel spannender sei.

»Ich wollte dich fragen, ob du Danny in der Zeit nehmen kannst.«

Danny war ein Kakadu. Walter hatte ihn mal gesehen, als er Claudia irgend etwas bringen mußte. Walter kannte ihre Wohnung noch nicht; sie hatte dort mit einem seiner Nachfolger zusammengelebt, der aber auch schon wieder ausgezogen war.

Der Kakadu saß im Käfig und arbeitete sich mit ziemlichem Getöse an einem Ast ab. »Hallo, Kakadu«, sagte Walter. Danny zerrte weiter an einigen Holzfasern, die er aus dem Ast gerissen hatte. »Dann eben nicht«, sagte Walter.

Er sah sich um und versuchte an den Möbeln Spuren der Zerstörung zu entdecken. Auf den ersten Blick war nichts zu sehen. Er fuhr gerade mit der Hand über den Sofabezug, als es hinter ihm still wurde. Walter drehte sich um. Der Kakadu sah ihn mit schrägem Kopf an. »Danny, sag Walter mal Hallo«, rief Claudia, die in der Tür stand. Der Vogel hob seinen Schwanz und ließ einen schwarzweißen Klecks auf den Sand fallen, mit dem der Käfigboden ausgestreut war.

Bestimmt würde das Vieh seine ganze Wohnung vollscheißen, und zuallererst das neue Sofa, dachte Walter. Und wahrscheinlich würde es sich an dem Lloyd-Korbsessel den Schnabel schärfen. Die große Orchidee anfressen.

»Was habe ich mit deinem Kakadu zu schaffen?« sagte Walter, »frag doch irgendeinen von deinen Lovern.« Jetzt hatte er sich schon wieder eine Blöße gegeben.

»Ich habe keinen Lover. Außerdem würde ich Danny nicht irgendeinem Bekannten geben, sondern nur jemandem, dem ich vertraue.«

»Danke für die Ehre.«

»Walter«, sagte Claudia mit einem zarten Flehen in der Stimme, das ihn berührte, was er aber nicht zugeben wollte. »Bitte. Du bist meine letzte Hoffnung.«

»Ach, wie viele haben denn schon abgelehnt?«

»Sei doch nicht so. Ich habe sonst niemanden gefragt. Du bist meine einzige und letzte Hoffnung.«

Walter fragte sich, ob sie log. Es war das alte Problem: Er war immer unsicher gewesen, wann sie die Wahrheit sagte und wann sie sich die Wahrheit zurechtbog.

»Walter, bitte laß mich nicht hängen.«

Jaja, Walter, der nützliche Idiot. Andererseits: Wenn er ablehnte, würde sie darin bestimmt ein Indiz dafür sehen, daß er immer noch nicht über die Trennung hinweg sei und nun die Chance zur Rache ergreife.

»Ich verstehe überhaupt nichts von Vögeln.« Vor lauter Verwirrung hätte er fast »vom« gesagt. Da hätte Claudia ihm garantiert zugestimmt.

»Das lernst du schon.«

»Warum nimmst du ihn nicht mit?«

»Das geht nicht. Wegen der Quarantäne.« Pause. »Du hast damals gesagt, du fandest Danny sehr lustig.«

Das war doch reine Höflichkeit gewesen. So gut mußte sie ihn nun wirklich kennen.

»Ich schwöre dir, ihr werdet viel Spaß zusammen haben.«

Da komme ich nicht mehr raus, dachte Walter.

Zwei Wochen später zog Danny bei Walter ein. Claudia trug den Kakadu, der in einer beige-braunen Katzentransportbox saß, die Treppen hoch und redete auf ihn ein. Walter stand in der Wohnungstür und bemühte sich, nicht so genau hinzuhören. Vergeblich.

»Ja, Großer, wir sind gleich da«, sagte Claudia, und ihre Stimme klang für Walter nach einer Überdosis Natreen, »du wohnst jetzt bei Walter. Hörst du?«

Dann stand Claudia vor ihm. »Da sind wir«, sagte sie. Zwanzig Minuten zu spät, dachte Walter, typisch. Plötzlich hatte er die Vorstellung, Claudia würde wieder bei ihm einziehen, mit dem Kakadu, und alles würde wie damals sein, nur diesmal für immer. Claudia lächelte ihn an. So ein Blödsinn, dachte Walter.

Er ging gleich nach unten, um ihr Auto auszuladen. Vorsichtig blickte er durch die Scheiben. Die Rücksitze des schwarzen Alfa Kombi waren umgeklappt. Und darauf lag der zusammengefaltete Käfig. Unglaublich riesig kam er Walter vor. Wo sollte er den bloß hinstellen? Das Ding würde jedes Zimmer ruinieren, vom Kakadu selbst ganz abgesehen. Walter starrte noch immer durch das Wagenfenster, als Claudia herunterkam.

»Ich habe doch gesagt, das Auto ist nicht abgeschlossen«, sagte sie und machte die Heckklappe auf. Sie beugte sich in den Wagen und zog mit überraschender Leichtigkeit den Käfig heraus. »Am besten, du trägst den hoch, und ich nehme den Rest«, sagte sie.

Eigentlich kam für den Käfig nur das Wohnzimmer in Frage. Im Schlafzimmer wollte Walter den Vogel auf keinen Fall haben, und sein Arbeitszimmer war definitiv zu klein. Allerdings hatte er in die Einrichtung des Wohnzimmers am meisten investiert, und zwar Geld, Energie und Zeit, und so sah er hilflos und gelähmt zu, wie Claudia sich gegen sein Sofa Charles stemmte und es in Richtung der Korbsessel schob, die er um einen modernen britischen Tisch aus grobem Holz gruppiert hatte. Nun stand das Sofa so weit vom Fenster entfernt, daß kein Sonnenlicht mehr darauf fallen würde. Auf den freigewordenen Platz stellte Claudia den Käfig, den sie mit ein paar Handgriffen aufbaute und auf einem Ständer positionierte. Sie trat ein paar Schritte zurück und blickte auf das neue Arrangement.

»Hier?« fragte sie, »was hältst du davon?«

Kommt gar nicht in Frage. Das ist mein Lieblingsplatz, dachte Walter. Aber er sagte: »Geht schon.« Wenn sie in England war, sollte sie ruhig glauben, daß der Käfig so schön vor dem Fenster stünde. Sobald sie die Wohnung verlassen hatte, würde er das häßliche Metallding woanders hinräumen, das stand schon mal fest.

Und dann öffnete Claudia die Transportbox und setzte sich den Kakadu auf die Schulter. Walter sah mit dumpfer Wut zu, wie sie von Zimmer zu Zimmer ging und dem Vogel mit alberner Zwitscherstimme die Baulichkeiten erklärte: die Fenster, die Glascheiben in den Zimmertüren.

»Was soll das?« fragte Walter, als Claudia in der Küche stand.

»Ich zeige Danny die Wohnung, damit er sich nicht verletzt.«

»Er bleibt doch im Käfig.«

»Aber nicht den ganzen Tag. Du mußt ihn rauslassen, sonst langweilt er sich ja zu Tode.«

Kommt auch überhaupt nicht in Frage, dachte Walter, sagte aber nichts. Diskussionen mit Claudia waren sinnlos.

Nachdem sie ihm noch eine ewig lange Liste mit genauen Anweisungen erklärt hatte, zum Beispiel, daß Danny mindestens sechs verschiedene Sorten Obst brauche und Avocados giftig für ihn seien, verabschiedete sie sich schnell: »Du darfst Danny nicht zu lange allein lassen, sonst ist er deprimiert und frißt nicht mehr.« Für einen gemeinsamen Kaffee hatte sie angeblich keine Zeit mehr.

Sofort räumte Walter das Wohnzimmer um. Zuerst schob er das Sofa an seinen angestammten Platz vor dem Fenster. Den Käfig stellte er erst links an die Wand, da störte er, dann rechts, da störte er auch, dann vor das Bücherregal an die Stirnseite des Zimmers, da störte er ebenfalls, aber es war die letzte Möglichkeit. Danny hockte derweil auf einem Ast, der zwischen den Gitterstäben klemmte, und bemühte sich, mit den Flügeln das Gleichgewicht zu halten. Walter setzte sich auf sein Sofa, blickte sich um und fand, daß das Zimmer ruiniert war. Verärgert ging er in die Küche, füllte Espresso in seine Alessi-Kanne, stellte sie auf die Herdplatte, goß Milch in einen Topf und stellte ihn neben die Kanne. Dann lehnte er sich an die Wand. Er verschränkte die Arme und schloß die Augen. Einen Monat, dachte er.

Etwas Hartes knallte gegen Metall, dann Rüttelgeräusche. Der Kakadu bricht aus, dachte Walter und rannte ins Wohnzimmer. Danny war die Käfigwand hochgeklettert und hatte sich dabei mit dem Schnabel an den Gitterstäben festgehakt. Er hielt kurz inne und blickte Walter an. Dann machte er einen Schritt zur Seite und ließ sich auf dem Ast nieder.

»Du bleibst da drin«, sagte Walter, »und zwar für den nächsten Monat.«

Sein Blick fiel auf den Holzfußboden. In weitem Kreis um den Käfig herum lag Sand. Erst am Mittag hatte Walter, auch eines seiner Samstagsrituale, den Boden feucht gewischt. Dann hörte er ein Zischen aus der Küche. Er lief sofort hin, aber die Milch war schon übergekocht. Großartig, dachte Walter.

Den Rest des Tages verbrachten Walter und Danny damit, sich gegenseitig zu ignorieren. Walter saß auf seinem Sofa und las den Wirtschaftskrimi weiter, der Kakadu knabberte an seinen Pellets, seinem Holzspielzeug, seinen Nüssen und kletterte von einem Ast zum anderen. Die neuen Geräusche in der sonst so stillen Wohnung störten Walter, aber er hatte sich vorgenommen, sie zu überhören. Als es draußen endlich dunkel wurde, legte Walter ein Tuch über den Käfig. Später setzte er sich mit einem Teller Ricotta-Ravioli auf sein Bett, zappte durch die Fernsehprogramme und sah sich schließlich »Ghost Dog« auf DVD an. Der schwarze Samurai in dem Film züchtete Tauben, und Walter entwickelte die Phantasie, auch so ein einsamer, aufrechter Kämpfer in der Großstadt zu sein, von Frauen ausgenutzt oder übersehen und am Ende in allem zum Scheitern verurteilt. Der Kakadu im Wohnzimmer machte das Bild erst perfekt, mußte Walter zugeben.

»Claudi! Claudi!«

Walter schreckte aus dem Schlaf hoch. Stille. Er drehte sich auf die andere Seite und zog die Decke über den Kopf.

»Claudi!«

Und noch hundert Mal »Claudi«. Oder tausend Mal. 7.30 Uhr am Sonntagmorgen. Walter schlug die Decke zurück, suchte nach seinen Badelatschen und ging ins Wohnzimmer. Er riß das Tuch vom Käfig und schrie: »Halt den Schnabel!« Danny sah ihn an. »Claudi!« sagte er, etwas leiser.

»Claudi ist nicht da, vergiß es. Du mußt schon mit mir vorlieb nehmen. Ich heiße Walter. Walter, hörst du?«

»Claudi«, sagte der Kakadu.

Walter legte sich wieder ins Bett, war aber zu wütend, um wieder einzuschlafen. Dabei hatte er sich die ganze Woche lang darauf gefreut, am Wochenende auszuschlafen. Schließlich, nachdem er sich noch ein paar Mal von der einen auf die andere Seite gedreht hatte, stand er wieder auf, machte Kaffee und schnitt eine Mango für sein Müsli klein. Er ging hinunter zum Briefkasten, um die Sonntagszeitung zu holen. So frühmorgens war es unwahrscheinlich, einem anderen Hausbewohner zu begegnen, deshalb machte er sich nicht die Mühe, eine Hose über seine Boxershorts zu ziehen.

Normalerweise deckte er sonntags den Tisch fürs Frühstück im Wohnzimmer, statt wie sonst immer in der Küche zu essen. Die Korbstühle, fand er, vermittelten den Eindruck von Urlaub. An diesem Morgen reichte ihm das nicht. Walter wollte unbedingt ein Gefühl entspannter Gemütlichkeit schaffen und setzte sich aufs Sofa. Als er den ersten Löffel Müsli aß und die süß-faulige Mango schmeckte, fiel sein Blick auf Danny. Sechs Sorten Obst, dachte er. Na gut. Er ging zurück in die Küche und schnitt einige Scheiben Fruchtfleisch von der Mango herunter. Ein wenig fürchtete er sich davor, die Käfigtür zu öffnen und die Mangostücke in den Freßnapf zu legen, aber Danny rückte ein paar Schritte auf seinem Ast zur Seite und sah ihm mißtrauisch zu. Vom Sofa aus beobachtete Walter anschließend, wie der Kakadu mit der Kralle die Fruchtstücke griff und sie sich in den Schnabel steckte. Walter fand es erstaunlich, wie mühelos der Vogel auf einem Bein stehend fraß, ohne den geringsten Wackler.

Gegen Mittag rief Tobias an.

»Spontan Lust auf eine Runde Squash?«

Sie trafen sich am späten Nachmittag in dem Fitnesscenter, in dem Tobias Mitglied war. Man mußte dort mit kleinen Plastikkarten einchecken, und die Blondinen am Empfang gaben die Schrankschlüssel heraus. Walter kaufte eine Tageskarte, Sauna und Schwimmbad inklusive. Saunen gab es dort jede Menge, Biosauna, Duftsauna, Lichtsauna, Dampfsauna.

Beim Spielen fand sich Walter schwerfällig, seinen Beinen fehlte die Kraft. Schlafentzug, dachte er ärgerlich, obwohl er wußte, daß das übertrieben war. Tobias gewann sowieso meist, und an diesem Tag war es nicht anders.

Anschließend gingen sie in die Dampfsauna. Tobias spritzte die gekachelten Wände und Sitzbänke ab, außer ihnen war niemand in dem Raum.

»Und wie geht es sonst so?« fragte Tobias.

»Ich habe seit gestern einen Kakadu.«

Daß Walter Claudias Vogel in Pflege genommen hatte, wunderte Tobias.

»Ich dachte, du willst keinen Kontakt mit ihr. Oder bist du jetzt plötzlich drüber hinweg?«

»Ich bin schon lange über sie hinweg.« Walter war froh, daß Tobias in dem nebligen Raum sein Gesicht nicht sehen konnte.

»Als du das letzte Mal über sie gesprochen hast, hörte sich das aber ganz anders an.«

Walter hatte sie zufällig mit einem Mann in einem Café gesehen, zwei Monate war das vielleicht her. Sportlich, dunkel, gutaussehend, genau ihr Typ, in allem eine Klasse besser als er selbst, gestand Walter sich ein. Claudia hatte den Mann angelächelt und dabei zerstreut eine Haarsträhne um ihren Finger gewickelt. Walter kannte diese Geste gut, zu gut, wie er in diesem Moment fand. Gegenüber Tobias hatte er über ihre »dämliche Anmachmasche« gelästert, die »Blondinenniveau« habe. Tobias hatte angemerkt, daß Claudia blond war und Walter schließlich selbst auf diese Gesten reingefallen sei, worauf Walter geantwortet hatte, »reingefallen« sei genau der richtige Ausdruck.

»Und aus alter Freundschaft hast du nun ihren Vogel in Pflege.«

»So ungefähr.« Er hätte das Thema besser nicht angeschnitten, dachte Walter, Tobias durchschaute ihn immer schnell. Walter sagte deshalb: »Mir wird zu heiß, ich muß raus.«

Er hatte Claudia damals über Tobias kennengelernt, die beiden hatten gemeinsam studiert. Letztendlich, vermutete Walter, war es Tobias ein Rätsel, wieso er Claudia immer noch nicht vergessen konnte. Und eigentlich war ihm selbst nicht klar, warum er nicht von der Idee loskam, sie wären eigentlich die Richtigen füreinander und könnten es hinkriegen, wenn sie sich nur bemühten. Die Tatsache, daß sie es nicht geschafft hatten, änderte nichts an seinen Phantasien. Genausowenig wie die Tatsache, daß Claudia mit ihm abgeschlossen hatte, und zwar für immer, seit dem Sonntagabend, an dem sie ihm mitgeteilt hatte, sie würde in dieser Nacht bei einer Freundin schlafen und am nächsten Morgen ausziehen. Sie hatten sich an dem Wochenende noch nicht mal gestritten. Nur zum üblichen Sex am Sonntagmorgen hatte sie keine Lust gehabt. Sie habe ihre Tage, hatte Claudia vorgeschützt, und Walter hatte das hingenommen, obwohl er wußte, daß es nicht stimmte.

Im Restaurant des Fitnesscenters bestellten Walter und Tobias zwei Mexiko-Salate und zwei große Kulmbacher.

»Und? Warst du noch mal mit Bärbel weg?« fragte Tobias.

»Nein, hat sich nicht mehr ergeben«, antwortete Walter, der nicht lügen, aber auch seinen Rückzieher nicht zugeben wollte.

»Feigling«, sagte Tobias.

»Wieso soll ich mich auf etwas einlassen, das von vornherein zum Scheitern verurteilt ist?«

»Doppelter Feigling.«

Er hat recht, dachte Walter.

Schon im Hausflur hörte er das Geschrei. Walter rannte die Treppen nach oben, schloß hektisch die Tür auf und stürzte in die Wohnung. Das Futter hatte der Kakadu aus den Näpfen geworfen, den Sand aus dem Käfig gefegt, nun schlug er mit den Flügeln und schrie.

»Ruhe«, brüllte Walter, »du Scheißvieh!«

Danny ließ sich nicht beeindrucken, krächzte laut weiter und rückte aufgeregt auf seinem Ast hin und her.

»Was soll das?« rief Walter, ohne jeden Erfolg.

Sonntagabend, die Nachbarn, dachte er, lief durch die Wohnung auf der Suche nach dem Telefon, das er schließlich auf dem Sofa unter seinem Krimi fand, und rief Claudia an. Zu Hause nur der Anrufbeantworter. Er versuchte es auf dem Handy.

»Was ist denn das für ein Lärm?« fragte sie.

»Dein verdammter Vogel schreit das ganze Haus zusammen, hol ihn bitte sofort ab.«

»Walter, ich stehe schon am Gate. Hast du den armen Danny allein gelassen? An seinem ersten Tag bei dir?«

»Den armen Danny? Entschuldige mal, was stellst du dir denn vor? Daß ich jetzt Vollzeit-Vogelvater bin?«

»Mein Gott, reg dich ab. Danny will doch nur Zuwendung, das wird doch wohl drin sein. Hol ihn aus dem Käfig, setz ihn auf die Schulter und kraul ihn ein wenig. Du kannst ihm zum Trost auch ein Stück Käse geben.«

Zum Trost. Und was hat sie mir zum Trost gegeben? dachte Walter wütend.

»Was darf es denn sein? Gouda, Edamer oder ein schöner Rohmilchkäse vielleicht?«

»Maasdamer mag er am liebsten. Aber Gouda geht auch. Probier es einfach aus.«

Claudia mußte ins Flugzeug steigen, und damit war die Sache für sie erledigt. Mittlerweile war der Kakadu dazu übergegangen, sein Holzspielzeug gegen die Gitterstäbe zu knallen. Außerdem krächzte er etwas, das Walter als »komm her« deutete. Ich habe keine Wahl, dachte er. Aber wie sollte er das Vieh bloß da rauskriegen? Handschuhe. Er rannte zur Abstellkammer, wühlte in einer Kiste nach seinen Lederhandschuhen, Hirschleder, dachte er kurz, von Roeckl, lief zurück, öffnete die Käfigtür, und sofort wurde es still. Zögernd streckte er den Arm hinein, die Hand zur lockeren Faust geformt. So machen es die Falkner, glaubte Walter sich zu erinnern. Jedenfalls lag er damit nicht ganz falsch, denn Danny kletterte sofort auf seine Hand. Erstaunlich leicht war der Vogel, fand Walter, deutlich unter einem Kilo, schätzte er.

Auch auf die Schulter stieg der Kakadu sofort um. Jetzt kraulen. Walter ließ den Handschuh lieber an, für den Fall, daß seine bemühten Zärtlichkeiten bei Danny nicht so gut ankamen. Doch der Vogel schmiegte sich an seinen Kopf. Gar kein so unangenehmes Gefühl, dachte Walter. Nachdem er eine Weile im Wohnzimmer rumgestanden hatte, spürte er, daß ihn die Beine schmerzten nach dem Squash, aber er hatte Angst, sich zu setzen. Weil dann der Vogel vor lauter Entspannung den Lloyd-Korbstuhl oder, schlimmer, das Sofa vollscheißen könnte. Die Stühle in der Küche waren aus Holz, fiel ihm ein. Und als er dort eine Weile gesessen hatte, kam ihm der Gedanke, daß er Danny ja tatsächlich mal ein Stück Käse geben könnte. Was konnte der Vogel schließlich für die ganze Sache?

Vorsichtig stand Walter auf und befand, daß es eine sehr kluge Idee von ihm gewesen war, den Kühlschrank auf den Gefrierschrank zu stellen, weil er nun, ohne umständlich in die Hocke gehen zu müssen und dabei den Vogel auf seiner Schulter womöglich aus dem Gleichgewicht zu bringen, die Tür öffnen und die Plastikdose mit dem Käse herausnehmen konnte. Danny krächzte. Offenbar wußte er über den Inhalt von Kühlschränken Bescheid.

Walter schnitt ein Stück von dem jungen Aldi-Gouda ab und hielt es dem Kakadu hin. Aus dem Augenwinkel sah er, wie der Vogel mit der Kralle danach griff und dann mit dem Schnabel abbiß. Als er den Käse aufgefressen hatte, krächzte er laut. Mehr, bedeutete das wahrscheinlich. Walter gab ihm noch ein Stück. Und noch eins.

Walter fing gerade an, einen gewissen Gefallen an der Fütterung zu finden, da stieß Danny sich von seiner Schulter ab, durchquerte im Sinkflug die Küche und landete auf dem Fußboden. Durch die offene Tür marschierte er in den Flur.

»Du spinnst wohl«, sagte Walter und folgte dem Vogel, der sich eilig auf den Weg ins Schlafzimmer machte. Er zögerte, sich Danny einfach zu greifen, der darüber ja verärgert sein könnte – Walter hatte beobachtet, wie lässig der Kakadu die dicken dunkelbraunen Paranuß-Schalen mit dem Schnabel geknackt hatte, und ein Finger konnte kaum härter sein. Danny stand nun neben dem niedrigen Holzbett, das Walter vor einigen Jahren angeschafft hatte, weil Claudia damals in ihrer, leider kurzfristigen, Japan-Begeisterung darauf bestanden hatte. Er hatte auch einen Sisalteppich in das Zimmer legen müssen, den er hart und kratzig fand, wenn er mit nackten Füßen darauf stand. Danny schien der Belag besser zu gefallen als die glatten Dielen im Flur, denn er wanderte um das Bett herum, zum Fenster, zum Schrank.

Plötzlich fing er an, mit den Flügeln zu schlagen und zu krächzen.

»Was ist denn jetzt schon wieder?« fragte Walter, aber der Kakadu wurde nur lauter, schlug immer heftiger mit den Flügeln, wippte mit dem Schwanz, krächzte noch einmal – und dann war es still. Vollkommen still. Danny stand regungslos auf der Stelle und sah Walter an. Walter sah Danny an und fragte sich, was der Vogel wohl wollte. Als der Kakadu sich in Richtung Tür in Bewegung setzte, sah er es: Danny hatte auf den Sisalteppich geschissen.

»Verdammter Mist«, schrie Walter, dachte, das geht nie wieder raus, packte mit beiden Händen den Vogel, der gerade an ihm vorbeimarschieren wollte. Der erschrak, biß Walter in den linken Zeigefinger, der damit aber schon gerechnet hatte und nicht losließ, sondern, die Lippen zusammengepreßt, ins Wohnzimmer lief, Danny ruppig in den Käfig setzte und die Tür einhakte. Der Kakadu krächzte laut, vor Wut, aus Angst,

Walter war es egal. Er nahm in seiner Das-hast-du-davon-Stimmung den Käfig vom Ständer, trug ihn in das fensterlose Badezimmer und zog die Tür hinter sich zu. Dann ließ er in der Küche heißes Wasser in einen Eimer laufen, zog Gummihandschuhe an, nahm Lappen und Spülmittel und reinigte fluchend den Sisalteppich.

»Wenn da auch nur ein Fleckchen bleibt, bezahlst du einen neuen Teppich, Claudia«, sagte er. Eigentlich hoffte Walter, daß der Sisal beschädigt worden war. Um sich als Opfer zu fühlen und weil es eine günstige Gelegenheit wäre, das kratzige Teil durch einen flauschigen Flokati zu ersetzen.

Später goß er etwas Rotwein in ein übertrieben großes Glas, das nicht in die Spülmaschine paßte, aber imposant aussah, ging ins Wohnzimmer, legte eine alte CD der Brecker Brothers ein und vertiefte sich in seinen Krimi. Das Gekrächze im Bad hörte er nicht.

Als Walter gegen Mitternacht den Käfig wieder ins Wohnzimmer trug, war der Kakadu still.

Claudia rief ihn im Büro an. »Wie geht es meinem Schätzchen?«

»Meinst du mich?« fragte Walter, der natürlich ihre Antwort kannte.

»Nein, Danny. Ich wollte wissen, wie ihr euch vertragt.«

»Seit dein Kakadu ins Bad umgezogen ist, kommen wir zurecht.«

»Ins Bad? Das hat doch gar kein Fenster! Wieso ist Danny nicht mehr im Wohnzimmer?«

»Er war zu laut und hat zuviel Dreck gemacht. Jetzt steht der Käfig in der Badewanne, und ich kann den Sand schnell wegduschen. Sehr praktisch.«

»Das kannst du nicht machen.« Claudias Stimme klang ängstlich, aber er hörte auch einen kleinen Zweifel. So viel Sadismus traute sie ihm offenbar nicht zu.

Natürlich log Walter. Der Käfig stand im Wohnzimmer. Er hatte den Kakadu am Morgen sogar mit Mango und Nektarinen gefüttert. Aus schlechtem Gewissen, denn auf dem Sisalteppich war kein Fleck zu entdecken gewesen. Und der Vogel, das hatte Walter sich inzwischen zurechtgereimt, hatte mit seinem Geschrei wohl darauf aufmerksam machen wollen, daß er dringend sein Geschäft erledigen mußte.

Aber daß Claudia von ihm abhängig war und um Zuneigung, wenn auch nur für den Kakadu, betteln mußte, verschaffte Walter eine kleine Genugtuung. Auch wenn er sich gleichzeitig schäbig fühlte.

»Es ist ja nur für einen Monat«, sagte er. Dann legte er auf.

Walter blickte aus dem Fenster und betrachtete den renovierten Hinterhof, der früher zu einer Fabrik gehört hatte. Der ganze Ziegelkomplex war in den neunziger Jahren zu Büros für die Neuen Medien umgebaut worden. Zweimal hatten alle Firmen gemeinsam im Hof aufwendige Sommerfeste gefeiert, mit Barbecue und Bands, aber das war längst vorbei. Claudia war einmal mitgekommen, und er hatte die verwunderten Blicke der anderen beobachtet, wie, das ist Walters Freundin, was will die denn mit dem? Im folgenden Jahr fragten sie ihn nach Claudia, und daß sie nicht mehr mit ihm zusammen war, schien für sie das Bild wieder zurechtzurücken.

Würde sie sich jetzt Sorgen um Danny machen? Er hätte nicht sagen sollen, daß er den Vogel ins Bad verbannt habe, dachte Walter. Es bestätigte höchstens ihr Vorurteil, daß er im Grunde ein kommunikationsunfähiger, starrsinniger Einzelgänger sei. Daß er noch nicht einmal mit einem Vogel zusammenleben konnte, geschweige denn mit einer Frau. Wahrscheinlich, dachte Walter, stimmt das sogar. Er hatte für Claudia versucht, an sich zu arbeiten, Kompromisse zu machen, nicht an Routine und Ritualen festzuhalten, hatte die Zähne zusammengebissen, wenn sie die Wohnung umdekorierte, eine Stunde zu spät kam oder vor der Lokaltür entschied, daß sie doch lieber zum Italiener wollte. Aber hatte er sich deshalb wirklich geändert?

»Willst du auch was vom Chinesen?« rief in diesem Moment ein Kollege zu ihm herüber, der in der Mitte des Bürolofts stand, die Jeansjacke schon in der Hand.

»Nein danke, ich gehe später ein Sandwich essen«, antwortete Walter.

»Kann ich mit?« fragte Bärbel. Walter drehte sich überrascht um. Er hatte sie nicht kommen gehört.

Entgegen Walters Befürchtungen krakeelte Danny nicht herum, als er nach Hause kam. Walter schnitt ihm ein Stück Maasdamer ab, außerdem Papaya und Banane und legte alles in die Näpfe.

»Na, wie geht's?« fragte Walter, als er die Käfigtür öffnete.

Danny schwieg, schaute ihn aber an.

Jeden Abend fegte Walter den Sand auf, reinigte den Käfig mit einer kleinen Plastikschaufel, füllte Sand nach und fütterte den Kakadu. In einem Zoogeschäft kaufte er neues Holzspielzeug und unterhielt sich mit dem Verkäufer über Kakadus. Der Mann gab ihm den Tip, den Käfigboden mit Zeitung auszulegen.

»Sie müssen sich mehr mit dem Vogel beschäftigen«, sagte er, »sonst wird er depressiv.«

Am Wochenende hatte Walter Bereitschaftsdienst, und dauernd klingelte sein Handy. Für Danny legte er eine Bossa-Nova-CD von Marcos Valle ein und ließ sie in einer Endlosschleife laufen. Daß Kakadus aus Asien und Australien stammen und nicht aus Brasilien, wußte Walter, aber er war dennoch davon überzeugt, daß die Musik dem Vogel gefiel.

Als Walter am nächsten Dienstag gegen Mitternacht vom Volleyball zurückkehrte, hatte Danny zum ersten Mal aus der Zeitung Konfetti gemacht.

Langeweile, lautete die Diagnose, die Walter auf einer Internetseite fand. Claudia hatte ihm die www-Adresse der Kakadu-Fanseiten hinterlassen, auf denen alles nachzulesen war, was er nie wissen wollte. Daß Kakadus so klug seien wie Hunde, stand dort auch. Hunde im Käfig, dachte Walter, Tierquälerei.

Er fühlte sich schuldig. Daß Claudia nicht wieder angerufen hatte, machte die Sache nicht besser. Das Tier tat Walter plötzlich leid: abgeschoben, vergessen, ungeliebt. Am Abend blieb er zu Hause und hörte Jazz in der Hoffnung, daß dies eine für beide Seiten angenehme Unterhaltung sei. Danny krächzte ab und zu leise und kletterte im Käfig herum.

»Im Grunde haben wir das gleiche Schicksal«, sagte Walter. Er fragte sich, was Claudia gerade tat.

Am folgenden Tag ging er in der Mittagspause gemeinsam mit Bärbel zu »Oh, it's fresh«. Das »Sandwich des Tages«, das Walter gern bestellte, weil eine kleine Suppe im Preis inbegriffen war, hatte eine Guacamole-Füllung. Walter nahm statt dessen einen Thunfisch-Bagel.

»Der Dokumentarfilm über die Marsalis-Familie läuft heute an«, sagte Bärbel, während sie ihr Avocado-Sandwich aus der Frischhaltefolie wickelte. Mit einigem Widerwillen beobachtete Walter, wie die hellgrüne Füllung zwischen den labbrigen Toastscheiben hervorquoll.

»Ja, habe ich gelesen«, sagte er.

»Wollen wir uns den ansehen?«

Walter zögerte. Wenn er absagte, würde sie wahrscheinlich nie wieder fragen. Dreifacher Feigling. Aber andererseits konnte er den Kakadu nicht schon wieder allein lassen, jetzt, wo er wußte, wie klug der Vogel war. Am Vormittag hatte er sich noch mal die Kakadu-Tips im Netz angesehen und war zu dem Schluß gekommen, daß er Danny unbedingt aus dem Käfig lassen mußte. Das wollte er nun gleich nach der Arbeit versuchen. Bärbel, dachte er, würde das einsehen, wenn er es ihr erklärte.

»Ich würde gerne, aber ich muß auch mal einen Abend zu Hause verbringen«, sagte Walter, »ich habe doch den Kakadu, der langweilt sich schon den ganzen Tag zu Tode.«

Bärbel sah ihn verblüfft an. Walter fiel ein, daß er ihr von Danny erzählt hatte mit Betonung darauf, wie lästig ihm der Vogel sei und daß er ihn nicht ausstehen könne.

»Verstehe ich«, sagte sie, obwohl sie offensichtlich überhaupt nichts verstand. »Muß ja nicht heute sein, aber hast du denn grundsätzlich Lust?«

»Ja, klar«, antwortete Walter, weil ihm so schnell kein glaubwürdiger Vorwand für eine Absage einfiel.

»Samstag?« fragte Bärbel.

»Gut, Samstag.«

Walter mußte länger im Büro bleiben, als er geplant hatte. Das neue Programm für die Lagerverwaltung eines Kunden lief nicht, und er konnte erst abends mit der Software-Firma in Kalifornien telefonieren, um mögliche Fehlerquellen zu diskutieren. Es dauerte ewig, bis der zuständige Systemberater zurückrief. Die Wartezeit vertrieb Walter sich damit, im Internet alles über Kakadu-Hygiene zu lesen. Die tägliche Dusche schien das Wichtigste zu sein.

Er ging gerade die letzte Treppe zu seiner Wohnung hoch, als eine Etage tiefer eine Tür geöffnet wurde.

»Herr Weber! Kann ich Sie einen Augenblick sprechen?«

Der Hausmeister. Blockwart, nannte Walter ihn heimlich. Er führte Buch über die Bewohner und hatte für einige Wochen einen Schäferhund besessen, der Walter angesprungen und leicht in den Arm gebissen hatte. Der Mann wäre die ideale Besetzung für eine Vorabendserie, fand Walter. Einmal hatte der Hausmeister ihm vorgeworfen, seine Besucherin habe nachts auf dem Balkon zu laut gelacht. Walter hatte das auch so empfunden, überhaupt ging sie ihm auf die Nerven mit ihrem betrunkenen Dauergerede, das die dröhnende Leere in ihr, zwischen ihnen, übertönen sollte. Aber natürlich hatte er sich dem Hausmeister gegenüber diese Einmischung verbeten.

»Was ist das denn neuerdings für ein Lärm bei Ihnen? Haben Sie einen Papagei?«

»Einen Kakadu.«

»Der schreit dauernd herum. Das geht nicht. Es haben sich schon einige aus dem Haus bei mir beschwert.«

»Zu mir hat keiner etwas gesagt«, antwortete Walter. »Aber machen Sie sich keine Sorgen, wenn der Vogel sich erst an die neue Umgebung gewöhnt hat, wird er sich schon beruhigen.«

»Das hoffe ich für Sie. Sonst muß ich das dem Vermieter melden.«

Tür zu.

»Schönen Abend noch«, sagte Walter laut.

Das Zeitungspapier lag wieder in kleinen Fetzen um den Käfig herum.

»Danny, gewonnen, du darfst raus«, sagte Walter und öffnete die Käfigtür. Er setzte sich aufs Sofa, weil er beobachten wollte, wie der Kakadu das Zimmer erkundete. Doch der blieb still auf dem Ast sitzen und betrachtete die offene Käfigtür. Walter sah auf die Uhr. Eine Minute. Zwei Minuten. Vielleicht hat er Angst vor mir, überlegte er. Deshalb ging er in die Küche, wo er einen tiefgefrorenen Elsässer Flammkuchen in den Ofen schob. Mehr aus Langeweile als aus Hunger. Er hatte im Büro eine halbe Tafel Ritter Sport mit Haselnüssen gegessen. Dann schaltete er den Fernseher ein, um das Heute Journal zu sehen.

Das Telefon klingelte. Claudia.

»Danny hat sich bestens eingelebt. Er hat mir mit seinem Geschrei den Hausmeister auf den Hals gehetzt, und jeden Tag schreddert er die Zeitungen in seinem Käfig. Ich bin inzwischen sehr gut befreundet mit meinem türkischen Obsthändler, und das ist auch dringend notwendig, weil ich sonst keine Freunde mehr habe, seit ich wegen deines Vogels abends nicht mehr weg kann.«

»Du hattest sowieso keine Freunde«, antwortete Claudia.

»Ich hatte keine Freunde, als wir noch zusammen waren«, sagte Walter, »aber das war auch ein Fehler.«

»Sei lieb zu Danny«, sagte Claudia, »dann ist er auch lieb zu dir. Kann ich ihn mal sprechen?«

»Mal sprechen?«

»Ja, halt ihm den Hörer hin, das kann doch kein Problem sein, oder?«

Danny saß noch immer auf dem Ast. Walter streckte zögernd den Arm in den Käfig, den Hörer in der Hand. Aber entweder fehlte es Danny an Erfahrung mit der Telekommunikation oder er erkannte Claudias Stimme nicht oder er war nicht zum Reden aufgelegt, jedenfalls schwieg er.

»Und was macht dein Projekt?« fragte Walter, als er zurück in die Küche ging.

»Das läuft großartig, macht wirklich richtig Spaß.«

Beim Wetterbericht marschierte Danny in die Küche.

»Claudi«, sagte er.

»Walter«, antwortete Walter. »Na, Danny, willst du duschen?«

Er stand auf. Der Vogel wich ein paar Schritte zurück. Langsam trat Walter auf ihn zu und ging in die Hocke. Als er Danny griff, bemerkte er, daß er keine Handschuhe angezogen hatte. Aber der Kakadu schien ganz entspannt.

Vorsichtig setzte Walter ihn in die Badewanne und stellte das Wasser an. Eher zu kühl als zu warm, entschied er, als er den Duschkopf auf seine Hand richtete. Dann drückte er den Gummistöpsel in den Abfluß und spritzte einige Tropfen auf Danny. Der breitete die Flügel aus und krächzte. Walter gewann den Eindruck, daß ihm die Dusche gefiel, und tatsächlich ließ der Kakadu sich irgendwann in das Wasser plumpsen, das sich inzwischen auf dem Wannenboden angesammelt hatte. Walter schaute zu, wie der Vogel planschte. Das hätte ich auch eher machen können, dachte er. Später setzte er Danny auf den Badezimmerboden und stellte den Fön an. Sofort ergriff der Kakadu die Flucht.

»Dann sieh selbst zu, wie du trocknest«, sagte Walter. Die Wanne putzte er gründlich mit Scheuermilch.

Bevor er ins Bett ging, brachte er Danny in den Käfig zurück. Walter war klargeworden, daß der Vogel nicht dort hochfliegen konnte, dafür war die Wohnung zu klein und seine Spannweite zu groß.

In der Zoohandlung kaufte Walter Spezialfutter, »High Pro« von Happy Bird. Es enthielt angeblich besonders viele Vitamine und Mineralien.

»Was macht der Kakadu?« fragte der Verkäufer, der sich offensichtlich an Walter erinnerte.

»Langweilt sich«, antwortete Walter, »ich bin den ganzen Tag weg.«

»Lassen Sie ihn so oft wie möglich auf Ihrer Schulter sitzen und kraulen Sie ihn, das mögen die Tiere. Kakadus sind sehr anhänglich.«

Im Fernsehen lief ein alter James Bond. Walter hatte für das Abendessen den kleinen Tisch in der Küche gedeckt mit Brot, Butter, verschiedenen Käsesorten, Baguette-Salami, Gewürzgurken, einem Glas Bier. Danny saß auf seiner Schulter. Walter aß und fütterte ihn ab und zu mit einem Stück Käse. Während einer der unvermeidlichen Schießerei-Szenen des Films fing der Kakadu an zu schreien: »Kommää, kommää!«

»Ist das zu spannend für dich?« fragte Walter.

Er schnitt ein großes Stück Käse ab und gab es Danny. Inzwischen war auch die Schießerei vorbei. Klüger als ein Hund, dachte Walter.

Bärbel wartete vor dem Kino auf ihn. Walter schloß schnell sein Fahrrad an einen Eisenzaun.

»Ich habe die Karten schon«, sagte sie.

»Was kriegst du von mir?«

»Nachher einen Wein?«

Walter war einverstanden, schließlich ging man immer nach dem Film etwas trinken.

Das Programmkino lag in einem Hinterhof im Szeneviertel der Stadt, das Walter mied, weil alle anderen dort herumstanden, um tagsüber Latte Macchiato oder Galão zu trinken und abends Flaschenbier. Wieso der Troß mal hierhin zog und mal dahin, warum eine Kneipe mal in und dann plötzlich out war, obwohl sie objektiv unverändert war, hatte er nie verstanden. Wahrscheinlich, weil er selbst nie in gewesen war, sondern immer out. In der Zeit mit Claudia war das etwas anders gewesen. Sie kannte die richtigen Bars, er also auch, nur daß sie ihn dort am Ende nicht mehr richtig fand und sich lieber mit einer ihrer Freundinnen verabredete.

An der Bar des Kinos kaufte Walter zwei Flaschen Bier. Der Film war überraschenderweise ausverkauft. Im Foyer standen die Kapuzenjacken-Menschen herum, auf der Brust den Namen der Stadt, in der sie sich befanden. Dieses Bekenntnis zu ihrem Wohnort war Walter fremd. Irgendeine doofe Vorstadt, das wäre wenigstens noch lustig, dachte er. Aber vermutlich ging es nicht um Humor, sondern um ein dumpfes Wir-Gefühl, das er noch nie empfunden hatte.

Der Film verbesserte Walters Laune erheblich. Es wurde nicht viel geredet und erklärt, sondern es gab lange Konzertmitschnitte. Er mochte die so unterschiedlichen Jazz-Brüder und ihren Vater, auch, wie unbeschwert sie alle miteinander sprachen. Am Sonntag, nahm er sich vor, würde er als erstes Branford Marsalis' Buckshot-LeFonque-CDs hören, die er schon fast vergessen hatte. Auch Bärbel schien es zu gefallen, er bemerkte, wie sie mit dem Fuß im Takt wippte.

Es ließ sich nicht vermeiden, in eine der Szene-Bars um die Ecke zu gehen. Bärbel nannte einen Namen, und Walter erklärte sich gleich einverstanden. Die wenigen Tische waren besetzt, aber auf der breiten Fensterbank wurde gerade etwas frei. Bärbel wartete dort, während Walter sich durch das Gedränge zur Bar schob. Mit zwei Gläsern Rotwein in den Händen arbeitete er sich, leise »Vorsicht« rufend, zum Fenster zurück.

»Prost!« Sie stießen an und blickten sich dabei direkt in die Augen. Auch so ein neues Ritual, dachte Walter.

Erst sprachen sie über den Film, dann über die Firma. Unverfängliches Thema, fand Walter und wäre gern dabei geblieben. Aber dann fragte Bärbel nach dem Kakadu, und anschließend, Walter hatte es befürchtet, nach Claudia. Vermutlich wollte sie wissen, wie er zu seiner Ex-Freundin stand, und ihre Schlüsse aus der Art ziehen, wie er über Claudia redete – oder auch nicht redete. Frauen, die sich nach Ex-Freundinnen erkundigen oder die vielleicht sogar verständnisvoll zuhören, wollen etwas von dem Mann. Das hatte Walter mit den Jahren herausgefunden. Nur daß Männer, die einer Frau von ihrer Ex-Freundin erzählen, von dieser Frau nichts wollen, sondern sich die Ex-Freundin zurückwünschen.

Walter wand sich aus der Falle, indem er sich nach Bärbels Männerbeziehungen erkundigte, obwohl er gleichzeitig Angst hatte, sie könnte das als ausdrückliches Interesse an ihr verstehen.

»Ach, das ist ein langweiliges Thema«, antwortete sie. Und dann bat sie Walter, »Wynton Marsalis plays Monk No. 4«, über die sie gesprochen hatten, für sie zu brennen. Sie besaß nur noch die Hülle, die CD selbst war verschwunden. Kurz nach Mitternacht verließen sie die Kneipe.

»Danke für den schönen Abend«, sagte Bärbel und reckte ihr Gesicht zum Abschiedskuß nach oben. Walter zögerte, denn er wußte nicht, ob er auf der linken oder rechten Wange anfangen sollte und wie viele Luftküsse es überhaupt sein sollten, ein, zwei oder drei. Bärbel legte ihre Hand auf seine Schulter. Er spürte ihre Lippen auf seiner rechten Wange. Sie waren warm und trocken.

»Wir sehen uns Montag«, sagte sie und lächelte. Dann radelte sie davon.

Walter schlief bis elf. Noch bevor er Kaffee machte, öffnete er Dannys Käfigtür und legte die Buckshot-LeFonque-CD ein. Er stellte die Musik ein wenig lauter als sonst am Sonntagvormittag in der Absicht, sich in die fröhlich-schwungvolle Stimmung des Kinofilms zu bringen.

Als er zur Küche ging, entdeckte er im Flur einen gefalteten Zettel, den offenbar jemand unter seiner Wohnungstür hindurchgeschoben hatte. Der Blockwart, vermutete Walter sofort, und so war es auch. Der Vogel habe wieder laut gekrächzt. »Ich fordere Sie auf, dies umgehend zu unterbinden.«

Idiot, dachte Walter, zerknüllte den Zettel, ging ins Wohnzimmer und drehte die Stereoanlage noch lauter auf. Der Kakadu saß oben auf seinem Käfig. »Hey Danny, was soll ich mit dir machen?« fragte Walter, »ich kann nicht immer zu Hause bleiben, damit du dich nicht vernachlässigt fühlst. Ich wette, Claudia hat auch nicht jeden Abend mit dir verbracht.«

Für sein Frühstück hatte Walter Aufbackcroissants und Pflaumenmus eingekauft. Vom Markt hatte er Orangen mitgebracht. Im Küchenschrank suchte er nach der elektrischen Saftpresse, die er seit Jahren nicht mehr benutzt hatte. Anschließend schnitt er Früchte für den Obstsalat, eine kleine Portion stellte er für Danny beiseite. Er war irgendwie unruhig und schob es auf die schnellen Rhythmen der Marsalis-CD, die er nun selbst zu laut fand. Mit einem großen Frühstückstablett in den Händen kehrte Walter ins Wohnzimmer zurück. Er drückte die Eject-Taste seines CD-Spielers und genoß einige Sekunden lang die plötzliche Stille. Esbjörn Svensson Trio, dachte er und legte »Seven Days of Falling« ein. Das Geräusch eines Windspiels, dann langsame Klavierakkorde, die sich zu einer Melodie verdichteten.

Walter stellte den Napf mit dem Obstsalat neben Danny, der immer noch auf seinem Käfig thronte, und begann mit dem Frühstück. Er schmeckte das weiche, warme Croissant und das süße, saure Pflaumenmus und dann den Kaffee, und er hörte, daß sich unter die sanft verspielten Jazzlinien des Pianos ein Kontrabaß-Rhythmus geschoben hatte, der für ihn klang wie ein endloser Treppauf-Treppab-Lauf, was ihn aber nicht an Vergeblichkeit denken ließ, sondern an einen Pendelschwung. Eine Zeitlang beobachtete Walter, wie Danny mit der Kralle die Obststücke griff und in den Schnabel steckte. Jetzt ist er zufrieden mit sich und der Welt, dachte Walter. Und ich?

Aus einem Impuls heraus, vielleicht, weil ihm die hintere Ecke seines Wohnzimmers an diesem Tag düster vorkam, schob er das Sofa Charles zur Seite und stellte Dannys Käfig vor das Fenster – dorthin, wo Claudia ihn plaziert hatte. Er trat ein paar Schritte zurück und betrachtete das Zimmer. So schlimm sah das neue Arrangement gar nicht aus.

Am Nachmittag traf er sich mit Tobias zum Squashspielen. Kurz hatte Walter überlegt, ob er beim Hausmeister klingeln sollte, entschied sich aber dagegen. Er wußte ohnehin nicht, was er sagen sollte.

»Stell ihm eine Flasche Sekt hin«, riet Tobias, als sie sich, in Bademäntel gehüllt, auf den Liegen vor dem Gas-Kaminfeuer des Fitnesscenters ausgestreckt hatten. Eigentlich durfte man sich im Ruheraum nicht unterhalten, aber sonntags brachten viele ihre Kinder mit, so daß ihr leises Gespräch niemanden weiter störte.

Es widerstrebte Walter, dem Blockwart mit dieser Geste der Entschuldigung Recht zu geben, aber andererseits war das besser, als einen Kleinkrieg zu beginnen. Er würde einen Chardonnay-Sekt besorgen, weil er hoffte, daß der Hausmeister den für teuer halten, aber nicht mögen würde. Dann erzählte er Tobias von dem James-Bond-Fernsehabend mit Danny.

»Weißt du, was Claudia in England genau macht?« fragte Tobias unvermittelt.

»Irgendein Projekt ihrer Firma«, antwortete Walter, »interessiert mich nicht weiter.«

»Vielleicht doch. Wie ich von einer Bekannten gehört habe, ist das Projekt groß, dunkelhaarig und gutaussehend.«

Walter setzte sich auf und blickte Tobias an.

»Du verarschst mich. Der Kerl aus dem Café?«

»Scheint so.«

»Soll das heißen, ich passe auf Claudias Scheiß-Vogel auf, damit sie ungestört in England mit diesem Typen ficken kann?«

»So genau weiß ich es auch wieder nicht. Jedenfalls arbeiten sie zusammen.«

»Arbeiten, verstehe.«

Walter ließ sich wieder auf die Liege fallen. Am liebsten hätte er Claudia auf der Stelle angerufen. Sie mußte ihn für den absoluten Volltrottel halten. Na warte. Er würde den Kakadu sofort zurückbringen, dachte er, aber dann wußte er nicht, wohin. Vielleicht ins Tierheim. Nein, Claudia mußte jemanden schicken, der den Vogel abholte. Noch heute.

»Der Kakadu kann am wenigsten dafür«, sagte Tobias, »jetzt habt ihr euch gerade halbwegs arrangiert, und dann soll er sich schon wieder umgewöhnen? Das kannst du nicht machen.«

Konnte er oder konnte er nicht? Der Hausmeister würde es garantiert als Triumph verbuchen, wenn Danny morgen weg war. Doch warum sollte er Claudia noch eine Sekunde länger einen Gefallen tun? Auf der anderen Seite: Sie würde seine Wut als Eifersucht deuten. Sollte er sich diese Blöße geben?

»Das geht mir alles so auf die Nerven«, sagte Walter.

»Kommää!« rief Danny, als Walter die Wohnung betrat.

»Nein, ich komm nicht hääää«, antwortete Walter und ging ins Bad, um seine verschwitzten Sportsachen aufzuhängen. Wen interessiert eigentlich, was ich will? dachte er wütend, sogar der verdammte Vogel kommandiert mich rum.

Er nahm ein Bier aus dem Kühlschrank, schaltete den Fernseher in der Küche an und zappte sich einmal durch die Sender, drückte auf die rote Aus-Taste der Fernbedienung und ging ins Wohnzimmer.

Danny rutschte auf dem Ast hin und her, legte den Kopf schief, schaute ihn an, tockte mit dem Schnabel gegen sein Holzspielzeug.

»Was soll ich nur mit dir machen?« fragte Walter. Egal, wofür er sich entschied, es war falsch. Claudia anrufen, Claudia nicht anrufen, Danny zurückgeben, Danny behalten. Und wenn er den Kakadu einfach davonfliegen ließ? Balkontür auf, und weg ist er? Walter stellte sich vor, wie er Claudia anrufen und ihr erzählen würde, welches Mißgeschick ihm passiert sei. Wie leid ihm das tue. Das würde sie richtig treffen, dann wäre ihre Zeit in England nicht mehr so nett und unbeschwert. Sie würde ihm Vorwürfe machen, aber da sie ihn ja ohnehin abgehakt hatte, spielte das auch keine Rolle mehr.

Gott, war er schäbig. Und klein. Walter trank einen großen Schluck Bier und sah aus dem Fenster. Nein, so nicht. Jetzt ziehe ich das durch, dachte er, soll sie doch machen, was sie will, was geht mich das an. Vorbei, Schluß.

Walter nahm Danny aus dem Käfig und setzte ihn sich auf die Schulter.

»Wir beide machen uns auch eine schöne Zeit, Danny.«

Dann riß er eine Tüte Pecannüsse auf und fütterte den Kakadu. Einige aß er zwischendurch selbst. Später ließ er den Vogel in der Wohnung herumlaufen und las seinen Wirtschaftskrimi weiter.

Am nächsten Morgen schrieb er dem Hausmeister einen Zettel: »Wenn Sie in Zukunft darauf verzichten, frühmorgens laut Volksmusik zu hören, wenn die Nachbarn über meiner Wohnung den Fernseher nach 22 Uhr nicht mehr ohrenbetäubend aufdrehen und die Partei neben mir es unterläßt, nachts die Waschmaschine laufen zu lassen, dann bitte ich auch den Kakadu um Rücksichtnahme.« Als Walter unten im Hausflur vor dem Briefkasten stand, zögerte er kurz, den Zettel einzuwerfen. Sollte er wirklich in diesen Kleinkrieg einsteigen? Leck mich, dachte er, hob die Metallklappe des Briefkastens und ließ das Papier hineinfallen.

»Hast du mir die CD mitgebracht?« fragte Bärbel.

»Oh, verdammt, das habe ich total vergessen«, antwortete Walter. Er hatte den Impuls, ihr von seinem Ärger zu erzählen, ließ es aber. Was ging sie seine ewige Geschichte mit Claudia an?

An dem Abend arbeitete er lange. Als er nach Hause kam, schloß er gleich seinen Briefkasten auf, weil er damit rechnete, daß der Blockwart ihm seinerseits einen Zettel geschrieben hatte. Doch nichts, nur die Rechnung für die Steuererklärungs-Software. Walter war zu müde, um noch den Computer einzuschalten, und verschob das Brennen der CD auf den nächsten Abend, nach dem Volleyball. Schließlich wollte Danny noch seine Dusche. Am nächsten Abend verschob er es wieder, obwohl er zum ersten Mal seit Monaten nicht zum Volleyball gegangen war. Walter hatte ein schlechtes Gewissen, weil er das Training geschwänzt hatte, um mit Danny fernzusehen. Die CD wollte er am nächsten Tag mit ins Büro nehmen und dort brennen.

Am Morgen hatte Walter vergessen, die CD einzupacken.

»Am besten, ich hole sie bei dir zu Hause ab und brenne sie selbst«, sagte Bärbel, die sich, einen Kaffeebecher in der Hand, mit gespieltem Vorwurf im Gesicht auf seinen Schreibtisch setzte, »sonst kriege ich sie nie.«

Bärbel in seiner Wohnung, er müßte ihr ein Glas Wein anbieten, was würde sie von ihm erwarten, wie würde er sie wieder loswerden?

»Kommt nicht in Frage«, antwortete Walter, »ich bringe sie dir heute abend vorbei.«

»Gut. Soll ich uns etwas zu essen machen?«

Was wollte sie eigentlich von ihm? Jedenfalls konnte er dann immer noch schnell verschwinden, das war einfacher, als sie aus seiner Wohnung hinauszukomplimentieren.

»Ja, gerne«, sagte Walter.

Den ganzen Tag über kämpfte Walter mit dem Impuls, Claudia anzurufen und sie zur Rede zu stellen. War sie wegen dieses Mannes nach England gegangen? Oder war es das Zwei-Fliegen-mit-einer-Klappe-Modell? Walter wußte, daß er sich nur lächerlich machen würde. Mit welchem Recht könnte er ihr vorwerfen, mit einem anderen Mann zu schlafen? Andererseits wollte er ihr klarmachen, daß er Bescheid wußte. Oder war ihr das egal? Aber warum hatte sie ihm nicht die Wahrheit gesagt? Weil sie dachte, daß es ihm gleichgültig wäre, mit wem sie ins Bett ging, oder weil sie wußte, daß er eifersüchtig war? Ihre schmale Taille, die fast zu schlanken Beine, die blonden Haare verwühlt auf ihrem blassen Gesicht, die Augen geschlossen. Seine große Hand, die ihre Brust umschloß. Nun lag dort die Hand des anderen, wahrscheinlich nicht so grobschlächtig wie seine mit ihren dicken breiten Fingern. Dieses Bild wurde er nicht los.

Es roch nach Fisch, als Bärbel ihm die Tür öffnete.

»Risotto mit Meeresfrüchten«, sagte sie, »ist aber noch nicht ganz fertig.«

Claudia hätte garantiert einen großen gemischten Salat vorbereitet, vielleicht mit gebratener Putenbrust, wegen der Kalorien. Damals war er schlanker gewesen.

Die Wohnung lag im Dachgeschoß eines Neubaus und bestand aus einem großen Raum mit offener Küche und einem kleinen Schlafzimmer. Es gab ein rotes Sofa, auf dem afrikanisch gemusterte Kissen lagen, davor einen Couchtisch aus dunklem Holz mit Rauchglasplatte. Auf einem Sideboard reihten sich unterschiedliche Kerzenständer aneinander, silbern, rund, eckig, verschnörkelt, schmiedeeisern. Neben der Küchenecke stand ein Eßtisch mit vier Stühlen. Bärbel hatte ihn schon gedeckt mit Wein- und Wassergläsern und tiefen Tellern, die auf flachen Tellern standen. Weiße Stoffservietten. Walter erinnerte das Arrangement plötzlich an ein Candle-light-Dinner aus einem Hollywood-Film. Er ging zur Glasfront am Ende des Raums und betrachtete die riesige Terrasse, auf der Büsche und Blumen in Terracotta-Töpfen standen. Sie hat sich Mühe mit der Einrichtung gegeben, dachte er. Er war unentschlossen, ob ihm das gefiel oder ob er die Gesamtkomposition angestrengt fand.

Walter schlenderte durch den Raum zurück zur Küche. Bärbel rührte immer noch den Reis um und schüttete heiße Brühe nach. Mit einem Teelöffel probierte sie das Risotto. Sie goß einen Schuß Weißwein dazu. Walter beobachtete, wie eine Dampfwolke aufstieg. Er spürte plötzlich, daß er Hunger hatte.

»Schöne Wohnung«, sagte er.

»Danke. Wollen wir die CD mal hören?«

Der Schlitten machte ein leicht klapperndes Geräusch, als er sich aus dem Spieler schob. Walter legte die CD ein und drückte auf Play. Er hörte das rhythmische Schleifen der sich drehenden Scheibe, das nach einem Zirpen plötzlich erstarb. Das Display zeigte zwei leuchtende Nullen.

»Er kann die CD nicht lesen«, sagte Walter.

»Ach, wie doof«, sagte Bärbel, »vielleicht ist meine Anlage zu alt.«

»Ich glaube nicht, daß es daran liegt.«

Walter war so spät nach Hause gekommen, daß er eilig den Rohling gebrannt und nicht mehr überprüft hatte, ob die CD auch lief.

»Jedenfalls ist das Essen fertig«, sagte Bärbel und schaufelte mit einem großen Löffel das Risotto auf die Teller.

Das Essen schmeckte Walter, was ihn selbst erstaunte, denn er aß sonst lieber Nudeln als Reis. Auch mit dem Wein war er zufrieden. Bärbel erzählte von ihrem früheren Job. Walter hörte unkonzentriert zu und betrachtete ihr lebhaftes rundes Gesicht, den dünnen fransigen Pony. Er erinnerte sich, daß er Bärbel attraktiv gefunden hatte. Er stellte sich vor, wie er ihre Hand greifen würde, wie sie mitten im Satz still werden und ihn überrascht und erwartungsvoll ansehen würde. Alles wäre sofort anders. Er könnte mit ihr schlafen, aber sollte er? Wollte er?

»Wie geht es deinem Kakadu?« fragte Bärbel.

Danny. An den hatte er vorhin gar nicht gedacht in der Hektik. Keine Dusche, kein frisches Futter, kein Tuch über dem Käfig. Bestimmt hatte er schon das ganze Haus zusammengeschrien.

Bärbel blickte Walter verstört an, als er erklärte, wegen des lärmenden Vogels dringend nach Hause zu müssen.

»Am Sonntag wird er abgeholt«, sagte Walter zur Entschuldigung, »dann habe ich an den Abenden wieder frei.«

»Kann ich den Kakadu mal sehen, solange du ihn noch hast?«

»Klar, komm doch einfach vorbei.«

Sie verabredeten sich für Samstag, vorher hatte sie angeblich keine Zeit. Dann lief Walter schnell die Treppe hinunter.

Am schwarzen Brett im Hausflur entdeckte Walter einen Zettel: »Aus gegebenem Anlaß weisen wir auf die Hausordnung hin«, und dann war aufgelistet, daß Waschen nach 22 Uhr verboten sei und Lärmbelästigung auch. In Klammern: Fernseher, Musik, Tiere. Walter suchte in der Innentasche seiner Jacke nach seinem Stift. Dann schrieb er »Volks« über das Wort Musik. Er lächelte und ging die Treppe hinauf. Er nahm bei jedem Schritt zwei Stufen auf einmal.

Als er die Tür öffnete, hörte er Danny: »Claudi«, krächzte er, erstaunlich leise. Wahrscheinlich hatte der Kakadu schon geschlafen, dachte Walter. Er setzte ihn auf seine Schulter und ging in die Küche, um eine Papaya für ihn kleinzuschneiden.

»Na, hast du mich vermißt?« fragte Walter.

Später schaltete er den Computer ein und brannte die CD für Bärbel noch mal. Er überlegte. Dann nahm er das Esbjörn-Svensson-Album aus dem Regal und kopierte es auch. Irgendwo wanderte Danny durch die Wohnung.

Das Blinken des Anrufbeantworters bemerkte Walter erst am nächsten Morgen. Bärbel, dachte er, aber es war Claudia. Sie wollte wissen, wann sie am Sonntag Danny abholen sollte.

»Wochen später«, sagte Walter, als er Bärbel im Büro die Buckshot-LeFonque-CD gab.

»Hauptsache jemals«, antwortete Bärbel.

Walter zog die Svensson-CD aus seiner Umhängetasche. »Und die als kleine Entschuldigung.«

Nachdem er Danny geduscht hatte, rief er Claudia in England an.

»Und? Schon gepackt?«

»Natürlich nicht, du kennst mich doch.«

Walter versuchte, im Hintergrund Geräusche auszumachen. Da war etwas, aber nichts, das er hätte identifizieren können. Er vermutete, daß sie nicht allein war.

»Ich hoffe, Danny erkennt mich noch.«

»Gestern hat er jedenfalls deinen Namen gesagt.«

»Das kannst du als Kompliment nehmen. Er nennt jeden Claudi, den er mag.«

Walter fragte, wie ihr Projekt gelaufen sei. Nicht ganz abgeschlossen, antwortete sie, aber sie müsse trotzdem nach Deutschland zurück und die restlichen Dinge eben von dort aus regeln. Vielleicht fahre sie später noch mal für ein paar Tage nach England.

Während sie sprach, dachte Walter an Danny. Die Wohnung würde sonderbar leer sein. Und still. Er würde alleine fernsehen und wieder regelmäßig zum Volleyball gehen.

»Soll ich mich dann noch mal um Danny kümmern?« fragte Walter.

Bärbel wollte am Samstagabend um acht kommen.

»Sehr gut«, hatte Tobias nur gesagt, als Walter ihm am Telefon von dem bevorstehenden Besuch erzählte.

Walter war am Morgen auf dem Markt gewesen, um die Zutaten für den Kartoffel-Spinat-Auflauf zu besorgen. Das Rezept hatte er in einem Kochbuch von Alfred Biolek und Eckart Witzigmann gefunden, das Claudia ihm mal zum Geburtstag geschenkt hatte. Erst als er Kartoffeln, Gemüse und einen Thymianzweig in die brutzelnde gezuckerte Butter gab, wurde ihm klar, daß er ein vegetarisches Essen kochte. Er fand das ein wenig beschämend, ohne genau zu wissen, warum. Vielleicht würde es geizig wirken oder radikal oder unsinnlich. Aber andererseits: War das eigentlich wichtig, was Bärbel von ihm dachte?

Danny saß unter dem Küchentisch und fraß Erdnüsse. Als Walter zum Kühlschrank ging, knackten die Schalen unter seinen Füßen, kleine Stücke blieben in den Wollsocken hängen.

»Mußt du unbedingt den ganzen Boden zumüllen?« fragte Walter. Er würde noch fegen müssen, bevor Bärbel kam. Er sah auf die Küchenuhr. Viertel nach sieben. Der Auflauf brauchte vierzig Minuten im Ofen. Zeit genug. Er goß sich ein Glas Weißwein ein.

Bärbel küßte ihn rechts und links auf die Wangen, und sie hielt seinen Arm einen Augenblick zu lange fest. Sie hat das Drehbuch für den Abend schon geschrieben, dachte Walter, reden, essen, Sex, sie erwartete, daß er seine Rolle spielte, und zwar überzeugend. So überzeugend, daß es echt wirkte.

»Biolek und Witzigmann«, sagte Bärbel, »das klingt ja vielversprechend.«

Walter hatte das Kochbuch zugeklappt auf dem Küchentisch liegen lassen, damit sie es dort sehen würde. Der Auflauf im Ofen warf die ersten Blasen.

Mit Gläsern in der Hand gingen sie ins Wohnzimmer. Sie tranken den Sekt, den Walter für den Hausmeister gekauft hatte. Er war froh, daß er sich im Laden nach kurzem Überlegen, ob Asti nicht auch ein angemessenes Signal wäre, für Chardonnay entschieden hatte.

Danny saß im Käfig und nagte an seinem Ast.

»Danny, hallo«, sagte Bärbel.

Der Kakadu blickte auf, legte den Kopf schief. Dann schleuderte er sein Holzspielzeug gegen das Gitter.

»Claudi! Claudi!« schrie er.

»Claudi?« fragte Bärbel.

»Claudia«, sagte Walter, »seine Besitzerin.«

Danny schlug mit den Flügeln und krächzte weiter laut »Claudi«.

»Ich glaube, er findet, ich bin die Falsche hier«, sagte Bärbel und sah Walter an. Ihr leicht ironisches Lächeln verunsicherte ihn.

»Im Gegenteil. Daß er dich Claudi nennt, ist sein höchster Sympathiebeweis.«

»Ach so.«

Es schien Walter, daß sie zögerte, ob sie noch etwas anfügen sollte. Er wartete.

»Du kannst aber ruhig bei Bärbel bleiben«, sagte sie.

Walter hob sein Glas.

»Na, dann: Prost, Bärbel.«

»Prost.«

Sie stießen an. Walter schmeckte den prickelnden, leicht säuerlichen Sekt auf seiner Zunge. Er fühlte, wie er kühl die Kehle herunterrann. Gleich würde er den Alkohol spüren, erst warm im Bauch, dann wie er sich in seinem Kopf ausbreitete, als angenehmer Druck.

Der Auflauf war ihm gelungen, er hatte nicht, wie befürchtet, den Augenblick verpaßt, in dem sich die Mozzarellascheiben hellbraun färbten. Bevor er das Essen servierte, gab er Danny eine Schüssel mit Mangostücken, damit er beschäftigt war.

Walter konnte seinem eigenen Gespräch kaum folgen. Er redete, und er überlegte dabei, ob er nun mit Bärbel ins Bett gehen sollte. Würde sie bei ihm schlafen wollen? Würde sie bleiben, bis Claudia kam? Wie würde Claudia reagieren?

Er ging in die Küche, um noch eine Flasche weißen Burgunder aus dem Kühlschrank zu holen. Eigentlich mußten sie beide betrunken sein.

Gemeinsam räumten sie später ab. Walter kochte Espresso und erzählte Bärbel, wie er auf der Waage mit dem Teelöffel geübt hatte, genau 13 Kilo Druck zu erzeugen, was sie sehr lustig fand und er plötzlich auch. Sie tranken den Espresso im Stehen in der Küche und aßen Mandelbiscotti aus der Pakkung.

Sie kehrten ins Wohnzimmer zurück. Während er Dannys Käfig zudeckte, suchte Bärbel im Regal nach einer CD. Einen Moment lang war Walter überrascht, keinen Jazz zu hören, sondern die sanfte, leicht gebrochene Stimme von Sophie Zelmani, die sparsame Gitarrenbegleitung. Er drehte sich langsam um. Bärbel saß auf dem Sofa.

Es ist soweit, dachte Walter.

Er füllte die Weingläser auf, gab Bärbel ihres, setzte sich neben sie, stieß mit ihr an, sie tranken, sie sahen sich an, er legte die linke Hand auf ihren Nacken, zog sie ein wenig zu sich heran und küßte sie. Erst die Lippen, dreimal, viermal, dann mit etwas mehr Druck, bis ihre Lippen sich öffneten und die Zungen sich berührten.

Sie küßten sich heftiger, ihre Zunge blieb weich dabei, wurde zum Glück nicht hart und spitz, sie stellten die Gläser ab, er lag nun auf ihr, er schob seine Hand unter ihren Pullover, ihre Haut war wärmer, als er erwartet hatte, sie legte die Arme um ihn, drückte, sie biß ihn leicht ins Ohr.

»Hast du auch ein Bett?« flüsterte Bärbel.

Ihre Direktheit erschreckte ihn für einen Moment. Er hob den Kopf. In Bärbels Gesicht glaubte er eine Spur von Furcht zu entdecken, die frühere Zurückweisung dort hinterlassen hatte.

»Na klar«, sagte er.

Er stand auf, nahm ihre Hand, zog sie vom Sofa hoch, führte sie in Richtung Schlafzimmer. »Gute Nacht, Danny«, sagte Bärbel, als sie am Käfig vorbeigingen.

Er streichelte ihre Brüste, griff ihren Po und hatte das Gefühl, seine Hand verschwinde in etwas Festem und zugleich Weichem. Jetzt wollte er nichts mehr, als mit ihr zu schlafen.

»Möchtest du auch?« fragte er.

Sie nickte.

Bärbel nahm Walter das Kondom aus der Hand, sie küßte ihn, während sie es aufriß und ihm überrollte. Dann legte sie sich auf den Rücken. Er kniete sich zwischen ihre Beine und betrachtete sie zum ersten Mal aus der Distanz. Ihre schweren Brüste, flach und rund, der kräftige Körper, kaum schmaler in der Taille. So fremd, dachte er, und da richtete sie sich auf, zog ihn zu sich herunter und küßte ihn, und er hörte das Schmatzen des Gummis, als er in sie eindrang, und danach hörte er nichts als ihren Atem.

»Das war schön«, sagte Bärbel, als er mit zwei Gläsern Wasser aus der Küche zurückkam. Sie trank schnell ihr Glas leer. Walter stieg ins Bett, stopfte sich das Kissen unter den Kopf und blickte an die Decke. Er wußte nicht, was er erwidern sollte, und Bärbel wartete ganz sicher auf eine Antwort, weil jeder Satz entscheiden würde, ob die Intimität, die sie gerade empfunden hatten, nun vorbei war oder eben nicht.

»Fand ich auch«, sagte Walter schließlich. Es war ein Konsens, der ihn zu nichts verpflichtete, dachte er.

Bärbel rollte sich zu ihm und legte ihren Kopf auf seine Schulter. Er legte den Arm um sie.

»Muß ich jetzt gehen?« fragte Bärbel.

Walter fragte sich, ob sie seine Distanz gespürt hatte.

»Du mußt gar nichts«, sagte er. Er ärgerte sich über seine Uneindeutigkeit, der er sich aber ausgeliefert fühlte. Er überließ sich Bärbels Entscheidung, aber konnte er das? Welche Erwartungen würde er wecken? Wie lagen sie überhaupt hier, seine Arbeitskollegin und er im Bett, zwei Menschen, die sich kaum kannten, absurd nah. Sie würde gehen müssen.

»Dann bleibe ich«, sagte Bärbel.

Zu spät. Er drehte den Kopf zu ihr. Ihre Augen waren geschlossen. Er gab ihr einen Kuß auf die Stirn.

»Schlaf gut«, sagte Walter.

Bärbel nickte müde.

»Du auch.«

Als Walter nachts aufwachte, hatte Bärbel sich weggedreht. In der Dunkelheit sah er nur ihre hellen Haare. Er lauschte, aber er konnte ihren Atem nicht hören. Er rollte sich auf die andere Seite, so daß er mit dem Rücken zu ihr lag, und zog die Beine an. Dann schlief er wieder ein.

Sie war nicht da, als Walter aufwachte. Die Bettdecke lag aufgeschlagen neben ihm. Für einen Moment hatte er den Impuls, aufzustehen und sie zu suchen. Dann aber schloß er die Augen und zog die Decke über sein Ohr. Sonntag. Ausschlafen. Wie immer.

Vielleicht war er wirklich noch mal eingenickt, Walter wußte es nicht genau, er hörte Danny laut »Kommää! Kommää!« schreien. Dann Bärbels Stimme. Sie sprach offenbar mit dem Kakadu.

Als Bärbel ins Schlafzimmer kam, sah Walter, daß sie seinen weißen Waffel-Bademantel trug. Ihre Haare waren naß. Offenbar hatte sie schon geduscht.

»Guten Morgen«, sagte sie und setzte sich neben ihn aufs Bett. Sie strich durch sein Haar.

»Morgen«, antwortete Walter, leise, damit Bärbel ihn für verschlafener hielt als er war. Ihr Streicheln war ihm unangenehm, es suggerierte eine Vertrautheit, die ihm unheimlich war.

»Willst du einen Kaffee?«

»O ja, Zimmerservice«, sagte Walter, »was für ein Luxus.«

9.44 Uhr. Was würde nach dem Kaffee passieren? Am liebsten wäre er allein, Frühstück mit Danny, dann Squash mit Tobias, aber Claudia kam ja später, um Danny abzuholen. Er mußte an die vergangene Nacht denken, an die Hitze und die Nässe zwischen Bärbels Beinen. Eigentlich würde er jetzt doch gerne noch mal mit ihr schlafen.

Als sie mit den Kaffeegläsern zurückkam, griff er nach dem Bademantelgürtel und zog langsam die Schleife auf.

»Und was soll das werden?« fragte Bärbel amüsiert.

»Das wirst du dann schon sehen.«

Er öffnete den Bademantel, schob ihn von ihren Schultern. Dann begann er, ihre Brüste zu küssen.

Der Kakadu schrie »Claudi, Claudi«, aber Walter hörte das nur entfernt. Bärbel streichelte seinen Kopf, und weil ihm seine Position, sitzend, der Oberkörper eingeknickt, unbequem wurde, legte er Bärbel mit sanftem Druck auf den Rükken, während er dabei an ihrer Brustwarze saugte. »Walter«, sagte Bärbel, »das geht jetzt nicht.«

»Wieso nicht?« fragte Walter, ihre Brustwarze halb im Mund, »ich finde, es geht sogar ziemlich gut.«

»Ich muß gleich weg. Ich bin mit einer Freundin um halb elf zum Brunch verabredet. Ich bin eh schon zu spät.«

Walter biß leicht in ihre Brustwarze, dann richtete er sich auf und schloß den Bademantel. Schade, dachte er, aber eigentlich war es besser so. Unverbindlicher. Und sie würde verschwunden sein, wenn Claudia kam.

Danny krächzte immer noch laut.

»Dein Kakadu ist eifersüchtig«, sagte Bärbel.

»Nein, er will nur dabeisein.«

»So einer ist das also. Wahrscheinlich hat er schon eine Menge in seinem Leben gesehen.«

»Da mußt du Claudia fragen.«

Claudia. Walter wartete, daß Bärbel nachhaken würde, die Gelegenheit war zu günstig.

»Ich muß los«, sagte sie.

Walter sah zu, wie sie ihre ums Bett herum verstreuten Sachen Stück für Stück zusammensuchte. Er warf ihr einen Strumpf zu, der neben ihm auf dem Fußboden lag.

»Ich habe deine Zahnbürste benutzt«, sagte Bärbel, »ich hoffe, das war okay.«

Natürlich mußte das in Ordnung sein, wie hätte sie auch sonst ihre Zähne putzen sollen, aber es störte ihn trotzdem. Und das wiederum fand er auch ärgerlich.

»Kein Problem«, antwortete er.

Bärbel ging aus dem Schlafzimmer, Walter stand schnell auf und zog sich seine Hose über. Sie hatte ihre Jacke schon an, als sie zurückkehrte. Sie umarmte ihn, drückte ihm einen Kuß auf den Mund.

»Vielen Dank für die schöne Nacht.«

»Nichts zu danken«, sagte Walter.

Er brachte sie noch zur Wohnungstür.

»Bis morgen«, sagte er.

Sie hatte ihre Hände auf seine Arme gelegt und blickte ihm direkt ins Gesicht. Ich soll jetzt versprechen, daß ich sie vorher noch mal anrufe, dachte er, und das verstärkte seinen Widerwillen.

»Bis morgen im Büro«, sagte Bärbel schließlich.

Dann war sie weg.

Als erstes holte Walter Danny aus dem Käfig, der sofort krächzend loslief. Dann räumte er die Kaffeegläser in die Spülmaschine und stellte sie an. Anschließend ging er ins Schlafzimmer und öffnete das Fenster weit, um gründlich zu lüften. Die Zahnbürste warf er in den Müll.

Dann duschte Walter und wusch dabei seine Haare, obwohl er das schon am Tag zuvor getan hatte. Aber er hatte das Bedürfnis, den Abend und die Nacht wegzuspülen, er wollte alle

Spuren verwischen, nicht nur wegen Claudia, sondern vor allem er selbst wollte an nichts erinnert werden.

Ausnahmsweise ging Walter an diesem Sonntagmorgen zum Bäcker, kaufte Brötchen und entschloß sich spontan, auch zwei Stücke Kuchen mitzunehmen, falls Claudia auf einen Kaffee bleiben wollte. Dann deckte er den Tisch im Wohnzimmer und frühstückte, Jazz, Sonntagszeitung, Danny auf der Schulter, dem er ab und zu ein Stück Käse gab. Es war ein sehr schöner Morgen, fand Walter.

Aber da war eine innere Unruhe, ein Bedürfnis nach etwas – nur nach was, das war Walter nicht klar. Wünschte er sich Bärbel zurück? Oder wollte er, daß Claudia mit ihm beim Frühstück saß? Walter ging in die Küche, um ein Ei zu kochen. Dann holte er sich ein Glas Orangensaft. Und schließlich stand er wieder auf, um eine neue CD einzulegen, weil die andere ihm zu hektisch erschien.

Als er abgeräumt und Ordnung in der Küche und im Schlafzimmer geschaffen und auch schon Dannys Sachen zusammengepackt hatte, überlegte Walter, was er nun tun sollte, bis Claudia kam. Sie hatte sich für 16 Uhr angekündigt. Schließlich entschloß sich Walter, seine CDs in weiche, durchsichtige Plastikhüllen umzusortieren, um so Platz im Regal zu schaffen. Schon vor Monaten hatte er 500 Hüllen bestellt, aber nie Lust auf das langweilige Umpacken gehabt. Er hoffte, daß die Gleichförmigkeit dieser Arbeit ihn entspannen würde.

Mittags aß er den Rest des Spinatauflaufs, kalt, weil, dachte Walter, Spinat giftig wird, wenn man ihn aufwärmt. Ein letztes Mal setzte er anschließend Danny in die Badewanne, um ihn abzuduschen. Er ließ das lauwarme Wasser über die ausgebreiteten Flügel laufen, Danny krächzte und spritzte mit dem Schnabel das Wasser herum, das sich auf dem Boden der Wanne ansammelte. Auch Walter wurde naß.

»Das macht Spaß, was, Danny?« sagte er.

Vielleicht sollte er Claudia vorschlagen, Danny erstmal bei ihm zu lassen, solange sie noch nach London pendelte. Sie könnte den Vogel ja jederzeit bei ihm besuchen.

Nein, das war Quatsch, sie würde sich nie darauf einlassen, Danny war ihr Kakadu, nicht seiner. Und wahrscheinlich war es besser so, klare Verhältnisse. Deine Rede sei ja, ja, nein, nein, dachte Walter.

Er stellte das Wasser ab und trug den Vogel in seinen Käfig. Eine Zeitlang sah er zu, wie Danny sein Gefieder putzte.

Claudia war pünktlich. Walter hatte kaum Zeit festzustellen, daß sie strahlend gut aussah, da stand sie schon vor dem Käfig und sprach mit Danny, »hast du mich vermißt, mein Kleiner?« und der Kakadu schrie »Claudi! Claudi« und trappelte aufgeregt auf dem Ast hin und her. Walter betrachtete die Szene aus der Distanz, Claudias schmaler Körper, die enge Jeans, die blonden Haare, die sie zu einem Zopf zusammengebunden hatte. Konnte er sich vorstellen, mit ihr zu schlafen?

»Willst du etwas trinken? Wasser, Kaffee?«

»Danke, aber ich parke unten in zweiter Reihe«, antwortete Claudia, »außerdem muß ich zu Hause noch auspacken. Ich wollte nur schnell Danny holen.«

Walter spürte einen Stich im Bauch. Er dachte an den Kuchen. Gut, daß er ihr den nicht auch noch angeboten hatte.

Nun geschah also alles in umgekehrter Reihenfolge. Walter kraulte Danny noch einmal kurz, dann setzte er ihn in die Transportbox, sie montierten Äste und Spielzeug ab, Walter klappte die Käfigwände zusammen, die Bodenwanne brachte er in die Küche und stopfte die Zeitung in den Müll. Gemeinsam trugen sie alles hinunter und verstauten die Sachen im Alfa. Die Transportbox stellte Walter auf den Boden vor den Beifahrersitz.

»Tschüß, Danny«, sagte er noch, bevor er die Autotür mit einem leichten Schubs schloß.

»Ich revanchiere mich bei dir«, sagte Claudia.

Und zwar wie? dachte Walter. Vielleicht meinte sie es sogar ernst, für einen Moment.

Walter schob das Sofa an seinen alten Platz vor dem Fenster zurück. Dann kochte er sich einen Latte Macchiato, legte den Kuchen auf einen Teller und ging damit ins Wohnzimmer. Er schob die Esbjörn-Svensson-CD ein und setzte sich aufs Sofa.

Back to normal, dachte Walter.

DER SEX DER ANDEREN

Am Nebentisch waren zwei Leute aufgestanden, um sich zu verabschieden, und als hätten sie die Entschlußkraft dieser beiden gebraucht, griffen nun noch einige andere nach ihren dikken Jacken, die sie über die Stuhllehnen gehängt hatten. Elli beobachtete, wie sich eine Frau hinunterbeugte und unter dem Tisch nach ihrer Handtasche tastete. Angetrunken, dachte Elli, sie hat sich seit damals kein bißchen verändert.

Sie war müde. Das Wiener Schnitzel mit Kartoffelsalat und das Glas Rotwein hatten eine Wärme erzeugt, die sich über ihren ganzen Körper ausgebreitet hatte. Nun fühlte sie sich schwer. Die Stimmen der anderen rollten wie dröhnende Wellen durch den Saal des Brauhauses und brachen sich an den mit dunklem Holz getäfelten Wänden. Der Unterhaltung zu folgen, war anstrengend gewesen, die Worte ihrer Tischnachbarn drohten im Meer der Geräusche unterzugehen, bevor Elli sie herausfischen konnte.

Wahrscheinlich regnet es jetzt, überlegte Elli, jedenfalls hatte die Wettervorhersage Schauer angekündigt. Auf dem Hinweg hatte sie zwischen Grasbüscheln am Gehwegrand weiße Flocken gesehen. Schnee, hatte sie gedacht, jetzt schon, im November. Dafür war es viel zu warm, die Flocken hätten längst schmelzen müssen. Elli hatte sich umgesehen, ob vielleicht ein Geschäft sein Schaufenster mit Kunstschnee dekoriert und die Reste dann auf der Straße ausgeschüttet hatte. Aber es gab nur ein Reisebüro, in dessen Fenstern gelbe Tafeln mit Sonderangeboten für sonnige Ferienziele warben. Reisebüros verursachten bei Elli immer Kopfschmerzen. Teppichboden, Hydrokulturen, sauerstoffarme, trockene Luft. Gesamteindruck: ungesund. Vielleicht fuhr sie deshalb so selten in Urlaub.

Waren es also doch die ersten Schneeflocken gewesen? Als sie sich vor fünf Jahren alle wiedergetroffen hatten, lag schon Schnee, erinnerte sie sich. Es mußte Dezember gewesen sein, denn damals hatte sie auf dem Weihnachtsmarkt Glühwein getrunken mit fünf, sechs anderen aus der Jugendgruppe, mit denen sie über die ganzen Jahre mehr oder weniger lockeren Kontakt gehalten hatte. Mal ein Anruf, mal eine E-Mail. Einigermaßen angetrunken waren sie dann in das Brauhaus gestolpert zum Jubiläumstreffen der ehemaligen evangelischen Jugendfreizeitgruppe, und sie hatten den ganzen Abend lang über den Witz gelacht, daß nur die Gruppe gekommen war, die Jugend aber leider nicht. Das war ihre einzige Erinnerung, und sie fragte sich, was sie daran so lustig gefunden hatte.

Ich sollte jetzt gehen, dachte Elli. Die anderen am Tisch waren in eine Unterhaltung vertieft, bei der sie den Einstieg verpaßt hatte. Sie sah sich um. Nur noch zwei Tische waren locker besetzt. Petra, Uwe, Michael, Ulli. Mit keinem wollte sie jetzt reden, sich noch vier weitere Male an diesem Abend anhören, wie weit sie es beruflich gebracht hatten, was für großartige Kinder sie hatten und wie verliebt sie immer noch in ihre Partner waren. Die Unglücklichen, sofern sie überhaupt erschienen waren, jammerten oder schwiegen. Auch davon hatte Elli genug.

Hatte sie gespürt, daß sie beobachtet wurde? Oder hatte sie zufällig dorthin geblickt? In der Mitte des Raums stand Andreas und sah sie an. Wahrscheinlich kam er gerade von der Toilette. Elli lächelte kurz und wollte sich abwenden, doch schon kam Andreas auf sie zu. Er legte seine Hand auf ihre Schulter.

»Hallo Elli, ich komme jetzt mal zu dir«, sagte er.

Andreas setzte sich auf den Stuhl neben ihr, am Kopfende des Tisches. Noch immer hatte er dieses jungenhafte Gesicht, drahtige braune Haare ohne jedes Grau, glatte bleiche Haut. Eine Brille mit Goldrand. Sie waren mal gute Freunde gewesen, oder jedenfalls hatten sie beide derselben Gruppe in der Gruppe angehört, die sich auf den Reisen immer die Zimmer teilte. Elli hatte ihm gegenüber ein Gefühl der Fremdheit gehabt, vielleicht auch eine nie zugegebene Angst, denn Andreas war nicht nur selbstgefällig, sondern hatte auch einen Blick für Schwächen. Es machte ihm Spaß, andere bloßzustellen.

Es war von Anfang an klargewesen, daß er den Feinkostladen seiner Eltern übernehmen würde. Schon deshalb, weil er keine Geschwister hatte. Während Elli, wie die meisten in der Gruppe, mal diese, mal jene Lebensperspektive entwickelt und verworfen hatte, wußte Andreas genau, was ihn in den nächsten fünfzig Jahren erwarten würde. Elli dagegen hatte immer noch keinen Masterplan.

Auch privat hatte Andreas sich früh festgelegt. Auf einer Fahrt nach Rom hatte er sich, unter Anteilnahme der gesamten Gruppe, an Judith herangemacht. Judith wurde bewundert und verachtet, weil angeblich sämtliche Jungen der Katholischen Jugend mit ihr geschlafen hatten. Während der ganzen Romreise erzählte Andreas jedem, der es hören oder auch nicht hören wollte, die Details fortschreitender Intimitäten. Daß Andreas noch Jungfrau war, wußten nur wenige.

Judith gegenüber hatte er seine Unerfahrenheit nicht zugegeben. Sie war aber trotzdem im Bilde und erzählte alles Elli weiter, mit der sie in Rom das Hotelzimmer teilte, in dem ein Doppelbett stand. Deshalb war Elli die Sache gleich klar, als Judith sie bat, mit einigen aus der Gruppe abends in einen Club zu gehen. Die Vorstellung, daß die beiden nun in ihrem Bett Sex haben würden, fand Elli unangenehm. Sie ekelte sich noch mehr bei der Vorstellung, auf Andreas' Sperma zu liegen. Nachts um vier Uhr kam sie schließlich vom Tanzen zurück. Judith war allein. Sie schlief.

Einige Jahre später hatten Judith und Andreas geheiratet. Und sie waren immer noch zusammen. Elli hatte nur ein paar Worte mit Judith gewechselt, die praktisch den ganzen Abend lang am selben Tisch gesessen hatte, allerdings am anderen Ende. Im Grunde kannte sie Judith noch weniger als Andreas.

Schon eine ganze Zeitlang erzählte er jetzt von seinen beiden Söhnen, der ältere ging schon in die erste Klasse des Gymnasiums, der zweite würde im nächsten Jahr dorthin folgen. Wunderbare, kluge Kinder. Der Ältere hatte das Zeug zum Theaterschauspieler, der Jüngere war ein überdurchschnittlich guter Eishockeyspieler. Ein endloses Thema. Das Geschäft lief bestens, Judith hatte das Catering aufgebaut und lieferte regelmäßig Antipasti für die Gäste einer Fernsehshow. Jetzt, wo die Söhne älter waren, hatte sie mehr Zeit fürs Geschäft.

Elli hörte kaum zu, sie betrachtete das heftig bewegte Gesicht, das in ihrem Blick offenbar eine Ermunterung fand weiterzureden.

Noch eine Lebensgeschichte, die nichts mit ihr zu tun hatte. Sie hätte gehen müssen, bevor er sich neben sie setzte, aber nun war es zu spät.

Elli unterbrach Andreas mitten im Satz.

»Und wie läuft es im Bett, wenn man so ewig zusammen ist? Langweilt man sich da nicht zu Tode?«

Wie sie erwartet hatte, starrte er sie verblüfft an. Elli war sicher, daß er ihr ausweichen würde, aber sie würde ihn nicht entkommen lassen, sondern nachhaken, ihn und seine verdammte heile Welt vorführen.

Schwieg Andreas lange, oder kam es ihr nur so vor? Vielleicht hatte sie ihn unterschätzt, und er arbeitete eine Strategie für den Gegenschlag aus. Doch dann nickte Andreas langsam.

»Ja. Deshalb führen wir Dreierbeziehungen.«

»Mit einem Mann oder einer Frau?« fragte Elli, einfach, um irgend etwas zu sagen, das halbwegs gesammelt wirkte, obwohl sie die Frage idiotisch fand, natürlich war es eine Frau. Es war immer eine Frau.

Vor einigen Jahren, wann genau wußte Andreas nicht mehr, waren er und Judith allmählich in eine Krise gerutscht. Sex am Sonntagmorgen, eine Routineveranstaltung, aber keiner hatte den Mut gefunden, über die Leere zwischen ihnen zu sprechen. Weil keiner wußte, ob dies das Ende bedeuten würde.

Andreas hatte sich irgendwann eine Geliebte gesucht, Isabel – wieso finden solche Männer immer eine Frau? fragte sich Elli –, und Judith war dahintergekommen. Sie hatte Isabels Sms auf seinem Handy entdeckt. Sie verlangte ein Gespräch zu dritt.

Die Kinder wurden an einem Samstag zu den Großeltern geschickt. Isabel kam gegen acht, es gab Rotwein und Käse, als habe man einen gepflegt gemütlichen Abend vor sich. Was Andreas von vornherein unbedingt vermeiden wollte, war, daß er sich zwischen den Frauen entscheiden mußte. Weil er es nicht konnte. Daher war er auf die Idee gekommen, Isabel mit Judith zu teilen.

»Ich wußte von früher, daß Judith auch mit Frauen geschlafen hat«, sagte Andreas.

Elli hatte davon keine Ahnung gehabt. Kurz fiel ihr wieder das gemeinsame Hotelbett in Rom ein. Hatte Judith sich an sie herangemacht, und sie hatte die Signale übersehen? Oder hatte sie sich etwa nicht an sie herangemacht?

Judith ließ sich auf das Arrangement ein, Isabel auch, obwohl sie keine sexuellen Erfahrungen mit Frauen hatte. Vielleicht auch gerade deshalb. Oder es war für sie ein Kompromiß, weil sie Andreas nicht verlieren wollte.

»Wir fanden es unglaublich schön«, sagte Andreas. »Es war für uns alle das erste Mal zu dritt im Bett.«

Nein, dachte Elli, das stimmt nicht. Aber davon weißt du nichts.

Damals in Rom. Elli hatte tief geschlafen und deshalb nicht gehört, daß Andreas frühmorgens ins Zimmer gekommen war. Als sie aufwachte, das Gesicht zur Wand gedreht, hörte sie sein Flüstern. Judiths unterdrücktes Kichern. Sie spürte die Erschütterungen der Matratze, hörte das Rascheln der Bettdecke. Wie eingefroren lag Elli auf der Seite. Sie hätte sofort zu erkennen geben müssen, daß sie wach war, jetzt war es zu spät. Die beiden würden glauben, sie habe lauschen wollen. Das schnaufende Atmen der beiden. Schliefen sie miteinander? Oder faßten sie sich nur an? Es war unmöglich, nicht an das zu denken, was hinter ihr geschah.

Nachdem es wieder ruhig geworden war, lag Elli noch eine Weile still zur Wand gedreht und versuchte, wieder einzuschlafen. Zwecklos, sie war hellwach. Sie spürte ein Kribbeln im rechten Arm, auf dem sie, halb auf den Bauch gedreht, lag. Gleich würde er taub werden. Sie würde vortäuschen müssen, daß sie aufwachte, um dann schnell das Blut zurückzumassieren. Doch bevor sie sich dazu durchringen konnte, stand Andreas auf und schlich aus dem Zimmer. Die Tür klemmte, und er mußte sie heftig zuziehen. Als sei sie von dem Rumms aufgeweckt worden, drehte Elli sich um, schlug die Augen auf und quetschte ein »Guten Morgen« hervor.

»Du hast ja einen gesunden Schlaf«, sagte Judith.

Wenn sie sich damals sofort den beiden zugewandt hätte, dann hätten sie es vielleicht zu dritt gemacht. Hätte sie sich wirklich darauf eingelassen? Hätte es ihr Spaß gemacht? Hätte. Sie hatte nicht.

Nun also Isabel statt Elli. Sie mußte sich die drei nackten Körper vorstellen. Hatte Andreas den Frauen zugesehen? Hatten sie sich mit ihm beschäftigt? Hatte Isabel sich um die beiden gleichzeitig gekümmert?

»Schockiert dich das?« fragte Andreas.

»Nein«, antwortete Elli schnell, weil sie ihm keine Zeit lassen wollte, über ihre Phantasien zu spekulieren. »Seid ihr noch zusammen?«

Es hatte nicht lange funktioniert. Isabel habe sich letztlich nur für ihn interessiert, erzählte Andreas, das Dreieck sei nicht gleichschenklig gewesen. Judith wurde eifersüchtig, es gab Streß, und am Ende mußte Andreas sich doch entscheiden. Er trennte sich von Isabel.

»Und dann?« Elli wollte nur noch simple Fragen stellen, wie ein Arzt bei der Anamnese. Oder wie ein Soziologe. Rein wissenschaftlich interessiert und prinzipiell mit nichts zu überraschen.

»Dann hatten wir sehr lange eine Beziehung mit einem Mann.«

Mit einem Mann. Damit hatte sie wieder nicht gerechnet, mußte Elli sich zugeben.

»Bist du schwul?« Was für eine blöde Frage, dachte Elli sofort, nachdem sie sie ausgesprochen hatte.

»Weiß ich nicht. Ist man schwul, wenn man mit Männern schläft?«

In seinem Gesicht lag ein Ausdruck von Provokation und Amüsement. Vielleicht auch etwas Genervtes.

»Keine Ahnung«, antwortete Elli. Sie ärgerte sich noch mehr

über ihre dämliche Frage. Bloß keine Grundsatzdebatte über sexuelle Orientierungen. »Ist ja auch egal«, sagte sie deshalb.

Dieses Mal hatte Judith im gemeinsamen Urlaub auf Gran Canaria einen Mann kennengelernt, Patrick. Zufällig wohnte er in derselben Stadt wie Judith und Andreas, man tauschte die Adressen aus, nach der Rückkehr luden sie ihn zum Fotoabend ein. Daß Judith ihn mochte, vielleicht sogar attraktiv fand, hatte Andreas längst bemerkt.

Wie Patrick wohl aussah? Elli überlegte, welcher Typ Judith gefiel: Brad Pitt oder Edward Norton? Schöner Körper oder interessantes Gesicht? Wieso eigentlich »oder«?

»Langweile ich dich?« fragte Andreas. Sie hatte offenbar ins Nichts gestarrt, wie immer, wenn ihre Gedanken davondrifteten. Meist bemerkten die anderen das gar nicht, weil sie vor allem sich selbst zuhörten.

»Nein«, sagte Elli, »überhaupt nicht.«

Patrick schaute nun öfter im Laden vorbei, auf dem Rückweg von der Arbeit. Einmal, als Judith eine Party beliefern mußte und eine Aushilfe einfach weggeblieben war, sprang er spontan ein, wickelte Parmaschinken um Grissini, stopfte Frischkäse in ausgehöhlte Gurken und zog Scampi auf Holzspieße. Gemeinsam fuhren sie die Platten zu dem Fest, anschließend lud Judith Patrick auf einen Drink in eine Bar ein.

Andreas wachte auf, als Judith gegen drei Uhr nachts vorsichtig ins Bett stieg. Er roch, daß ihr Atem nach scharfem Alkohol roch. Gin Tonic, wie immer. Daß sie mit Patrick in einer Bar gewesen war, weil er ihr geholfen hatte, erzählte sie noch schnell, und daß aus einem Drink ein paar mehr geworden seien. Daß sie danach noch mit zu Patrick gegangen und mit ihm geschlafen hatte, verschwieg sie. Andreas ahnte es trotzdem.

Er fing an, Judith genauer zu beobachten, ihren Kalender zu überprüfen, ihre Auftragsbücher durchzugehen. Hatte sie Zeit, sich heimlich mit Patrick zu treffen? Wahrscheinlich. Ziemlich sicher sogar. Aber Andreas ging nie so weit, ihr hinterherzufahren oder ihr Handy zu kontrollieren. Er wollte nicht eifersüchtig sein, er hatte auch nicht das Recht dazu, nach seiner Affäre mit Isabel. Deshalb sprach er nie seinen Verdacht aus, im Gegenteil, er überredete Judith sogar, Patrick doch mal wieder zum Essen einzuladen.

Irgendwann rief Patrick an und fragte Andreas, ob sie sich nicht auf ein Bier treffen könnten. Er will sich aussprechen, dachte Andreas. Judith hatte sich an diesem Abend mit einer Freundin fürs Kino verabredet.

Patrick nannte ihm den Namen einer Kneipe, den er noch nie gehört hatte. Als er sie betrat, wunderte er sich einen Moment lang, daß nur Männer in dem Raum waren. Ein Schwulenlokal. So war das also. Patrick wollte nicht über Judith sprechen, das wurde Andreas in diesem Moment klar, sondern seine Chancen bei ihm testen.

Andreas fiel ein, daß Patrick ihn schon während des Urlaubs anders angesehen hatte, als er es von Männern gewohnt war. Eine Sekunde länger. Musternd. Seine Wahrnehmung hatte ihn nicht getäuscht.

Sollte er schnell gehen, bevor Patrick kam? Oder bleiben und sich auf etwas einlassen, das er noch nie gemacht hatte?

Am liebsten hätte Elli gleich nachgefragt, ob Andreas homosexuelle Phantasien gehabt hatte, beim Onanieren. Was stellte er sich vor, wenn er mit Judith schlief? Aber sie blieb stumm. Es ging sie schließlich nichts an.

Patrick kam absichtlich zehn Minuten zu spät, um Andreas die Chance zur Flucht zu geben. Er lächelte, als er ihn, mit einem Bier in der Hand, am Tresen entdeckte.

»Schön, dich zu sehen«, sagte Patrick und küßte ihn auf beide Wangen. An diesem Abend ging Andreas mit zu Patrick nach Hause.

»Wir sind gleich zur Sache gekommen«, sagte Andreas.

Am Ende des Tisches stand der Kellner. Andreas hob sein leeres Glas und wies mit der anderen Hand darauf. Der Kellner nickte und verschwand.

»Oh, entschuldige, Elli, willst du noch einen Rotwein?« fragte Andreas.

»Gerne. Einen Rioja bitte«, antwortete sie.

Andreas stand auf und lief dem Kellner hinterher.

Wir sind gleich zur Sache gekommen. Elli sah, wie sie sich im Wohnungsflur küßten. Vermutlich hatte Patrick angefangen, Andreas auszuziehen, er als der Erfahrene. Zwei erigierte Schwänze. Sie masturbierten sich gegenseitig. Patrick nahm die Kondome aus dem Nachttisch und das Gleitmittel. Andreas kniete sich hin, beugte sich nach vorne und drückte die Stirn in die Bettdecke. Er biß sich in die Hand. Er stöhnte unterdrückt.

»Der Wein kommt sofort«, sagte Andreas.

»Hatte Judith das Ganze eingefädelt?« fragte Elli.

Andreas blickte überrascht: »Ja. Wie kommst du darauf?«

»Weibliche Intuition«, antwortete Elli. In Wirklichkeit hatte sie nicht die geringste Ahnung, wie sie auf diesen Gedanken gekommen war.

»Sollen wir Judith dazuholen?« hatte Patrick irgendwann in dieser Nacht gefragt. Erst in diesem Augenblick verstand Andreas den Plan. Auch wenn er am überraschenden Verlauf des Abends Gefallen gefunden hatte, wollte er nicht, daß die Strategie der beiden so glatt aufging.

»Nein«, antwortete er deshalb. »Ich will dich für mich allein.« Sollte Judith doch zu Hause vergeblich auf den Anruf warten. Überhaupt wußte er nicht, ob er sie jemals dabeihaben wollte.

Wieso erzählte Andreas ihr das alles? fragte sich Elli. Um etwas loszuwerden? Um anzugeben? Sie kam zu keiner Antwort. Sie blickte sich um. Fast alle anderen waren inzwischen gegangen. Sie bemerkte, daß Judith zu ihr herübersah. Sie lächelte. Elli zog sich auch ein Lächeln ins Gesicht.

Natürlich hätte Judith in dieser Nacht bei Patrick anrufen können. Doch sie machte noch nicht einmal eine Bemerkung, als Andreas früh am Morgen nach Hause kam, kurz bevor die Söhne aufstanden. Allerdings sorgte sie dafür, daß die beiden Kinder das nächste Wochenende bei den Großeltern verbrachten.

»Patrick besucht uns am Samstag«, sagte Judith, nachdem die Spätnachrichten zu Ende waren.

»Uns?« fragte Andreas.

»Uns. Dich und mich.«

Elli sah vor sich, wie sie zu dritt in einem riesigen Bett lagen, mit häßlich gemusterter Bettwäsche, nein, weiße Bezüge, das Zimmer überheizt, die Kissen achtlos auf den dicken Teppichboden geworfen, und die Männer schliefen gleichzeitig mit Judith, die Schwänze bewegten sich im gleichen Takt, die Männer schliefen miteinander, einer leckte Judith, und sie sahen sich dabei zu, es gab einen deckenhohen Einbauschrank mit verglasten Schiebetüren. Elli spürte die Nässe zwischen ihren Beinen. Der Ausfluß vom Zyklus, sagte sie sich, ohne sich selbst zu glauben.

»Wie lange ging das dann?« fragte Elli.

»Ungefähr drei Jahre.«

Drei Jahre. Elli war von ein paar Nächten ausgegangen. Eine echte Dreierbeziehung also. Daß es das gab.

»Was haben eure Kinder dazu gesagt?«

Patrick wurde so etwas wie der Hausfreund. Die Söhne mochten ihn, und weil er sich so gut mit ihrem Vater und ihrer Mutter verstand, schöpften sie auch keinen Verdacht. Oder sie äußerten ihn nicht. Patrick übernachtete nie bei Judith und Andreas, sondern fuhr immer zu sich. Manchmal kam er auch erst, wenn die Kinder schon eingeschlafen waren.

»Und warum war es nach drei Jahren vorbei?«

»Patrick hatte sich in einen anderen Mann verliebt.«

So einfach also. Der Nächste bitte. Wie in jeder langweiligen Zweierbeziehung, dachte Elli.

»Ich glaube, Judith hat jetzt einen neuen Liebhaber, aber sie erzählt mir nichts.«

Elli blickte zu Judith hinüber. Sie unterhielt sich mit ihrer Tischnachbarin. Sie schien gelangweilt. Als Elli sich wieder Andreas zuwandte, bemerkte sie, daß er sie musterte.

»Du bist nicht mehr ganz so schlank wie früher«, sagte er.

»Ich bin auch älter als früher.« Sie ärgerte sich. Nicht über seine Einschätzung, die im übrigen zutraf, sondern weil sie fand, daß ihre Figur ihn nichts anging. Wieso machte er sich überhaupt Gedanken darüber?

»Hast du auch eine neue Geliebte?« fragte Elli.

»Nein.«

Elli fühlte sich noch mehr von ihm angestarrt. Sie wußte nicht, wo sie hinsehen sollte, und für diese Unterhaltung gab es plötzlich keine Richtung mehr, die sie einschlagen wollte. Sie nahm ihr Glas und trank einen Schluck Rotwein, sie schaute wieder zu Judith, die plötzlich zu ihr herüberlachte, oder zu Andreas, das war für Elli nicht auszumachen. Aber den fröhlichen »Ich weiß, was da läuft«-Ausdruck in Judiths Gesicht identifizierte Elli sofort. Es lag auch etwas Aufmunterndes darin. Andreas starrte sie immer noch an.

»Ich glaube, ich muß so allmählich mal nach Hause«, sagte Elli.

»Ach was«, erwiderte Andreas, »wir gehen jetzt noch in eine Bar und nehmen einen Absacker.«

»Ich kann nicht. Ich bin wirklich müde.«

Was für eine schwache Ausrede. Inzwischen hatte sie sicher schon Schweißflecken unter den Armen. Elli wagte nicht, an sich hinunterzusehen. Sie konnte jetzt nicht in Panik aufbrechen, ihr halbvolles Glas Rotwein stehen lassen oder runterstürzen und sich lächerlich machen. Andreas würde wissen, daß sie vor ihm davongelaufen war. Falls sie überhaupt noch davonlaufen konnte. Sie bemerkte, wie sie nervös mit dem Stiel ihres Glases spielte, und hatte plötzlich die Idee, er könne seine Hand auf ihre legen. Eilig trank sie einen Schluck.

»Na komm schon«, sagte Andreas, »du kannst ja einen Espresso bestellen.«

Elli rechnete aus, daß sie zweieinhalb Gläser Rotwein gehabt hatte. Sie durfte nicht mehr mit ihrem Auto nach Hause fahren. Sie würde ein Taxi rufen, aber Andreas würde darauf bestehen, sie mit seinem Auto zu fahren. Er würde sie bis zur Wohnungstür bringen und dann vorschlagen, diesen verdammten Absacker mit ihr zu nehmen, ihr würde keine Ausrede einfallen, und während sie die Gläser brachte und den Whiskey, würde er in ihren CDs herumsuchen und eine einlegen. Sie würden trinken, und dann würde er sie küssen.

Oder Andreas und Judith würden darauf bestehen, sie gemeinsam nach Hause zu bringen. Dann würden sie aber nicht zu Elli fahren, sondern nur auf einen Gin Tonic zu Andreas und Judith, und Judith wäre es, die anfinge, durch Ellis Haare zu streichen.

»Ich weiß, was du denkst«, sagte Andreas.

Sie wollte ihm nicht die Chance geben weiterzusprechen.

»Daß ich jetzt nun wirklich gehen muß.«

»Nein. Daß du zuviel getrunken hast, um noch Auto zu fahren.«

Um so entschlossener kippte Elli den letzten Schluck Rotwein hinunter. War Andreas erst während ihres langen Gesprächs auf die Idee gekommen? Oder hatte er den ganzen Abend oder vielleicht sogar schon vorher diesen Plan gehabt, oder hatte Judith ihn dazu angestiftet, und hatte Elli ihm nur einen leichten Einstieg geliefert mit der Frage, ob eine so lange Beziehung nicht zu sexueller Ödnis führe? Oder war es völlig anders, und die ganze Geschichte stimmte nicht? Hatte er sich alles spontan zusammenphantasiert, um sich über sie lustig zu machen? Oder um sich als ein anderer zu präsentieren, nicht als der langweilige etablierte Feinkostladenbesitzer mit Dauerbeziehung und Familie, als den sie ihn kannte?

Elli war heiß. Sie hatte das Gefühl, daß sich feuchte Saunaluft unter ihrer Bluse staute. Schnell stand sie auf.

»Keine Sorge, ich kann noch fahren.«

Sie sah, daß Andreas etwas erwidern wollte, sich aber doch stoppte.

Beim Verabschieden griff er ihre Oberarme.

»Ganz schön kräftig«, sagte Andreas und drückte prüfend.

»Dann bis in fünf Jahren«, sagte Elli.

»Allerspätestens.«

Über den Tisch winkte sie Judith ein Aufwiedersehen zu. Judith, das Ohr zu ihrer offenbar irgendein Geheimnis flüsternden Tischnachbarin gedreht, wedelte nur kurz zurück.

Als Elli auf die Straße trat, schneite es. Auf den Autos lag schon eine dünne weiße Schicht. Es ist immer noch viel zu warm, dachte sie, der Schnee müßte doch sofort tauen. Sie drückte schon auf die Fernbedienung im Autoschlüssel, als sie noch ein ganzes Stück von ihrem Wagen entfernt war. Die Lichter blinkten auf.

Elli zog die Wagentür zu. Mit einem dunklen Plopp fiel sie ins Schloß.

DER BESUCHER

Weil nach mehreren Dauernieselregentagen an diesem Samstagmorgen die Sonne schien, hatte sie sich vorgenommen, alle, die ihr entgegenkamen, anzulächeln, in der Annahme, daß sie zurücklächeln und auf diese Weise den Tag noch freundlicher machen würden.

Im Hausflur begegnete ihr niemand, auf der Straße auch nicht, aber als sie mit ihrem Fahrrad um die Ecke bog und begann, sich die Kopfsteinpflastersteigung hochzuarbeiten, kam ihr jemand auf einem Mountainbike entgegen. Sie lächelte, aber er schaute sie kaum an, so schnell war er an ihr vorbeigerast. Doch dann hörte sie das Quietschen von Fahrradbremsen. Er rief: »Halt, wait!« Ein Amerikaner.

»Gehst du gerne in Musicals?« fragte er, als er neben ihr stand.

»Musicals? Wieso?«

Er arbeite bei einem Musicaltheater in der Stadt, als Tänzer und Sänger, und er könne ihr günstig Karten für die schlechter besuchten Nachmittagsvorstellungen beschaffen. Er zog ein zerknittertes Faltblatt aus seiner Jacke, holte aus der Innentasche noch einen blauen Kugelschreiber heraus, umrandete eine Telefonnummer und notierte seinen Namen auf dem Prospekt. Kevin.

»Wenn du anrufst, sagst du, du bist eine Freundin von mir.«

Sie bedankte sich und steckte das Faltblatt ein, obwohl sie wußte, daß sie niemals dort anrufen würde.

»Wohnst du hier?« fragte er.

»Um die Ecke. Und wo kommst du her?«

»New York. Vielleicht besuche ich dich mal. Ich fahre hier immer lang, wenn ich zum Training muß.«

Sie hatte schon mal einen schwarzen New Yorker namens Kevin kennengelernt, aber der nannte sich Kay Jay und arbeitete als Rechtsanwalt. Er träumte davon, Sänger zu werden. Seinen größten Auftritt hatte er, als er bei einer Halloween-Party in Boxershorts herumging, aus denen eine lange schwarze ausgestopfte Stricksocke baumelte. Er drängte sich dicht an die weiblichen Gäste heran und stellte sich mit dem Satz vor: »Hey, ich bin Richter Clarence Thomas.« Der Richter hatte vor einiger Zeit angeblich eine Professorin sexuell belästigt, was in den Medien detailreich diskutiert wurde.

Noch ein Kevin. Komischer Zufall, dachte sie. Dann stieg sie auf ihr Rad, fuhr zum Markt und lächelte erst den Biobauern, dann den Fischhändler und schließlich die Bäckereiverkäuferin an.

Ein paar Samstage später saß sie auf ihrem kleinen Balkon und las Zeitung. Sie hatte ein Croissant mit Nutella gegessen und war beim zweiten Becher Rotbuschtee, als es an der Tür klingelte. Sie erwartete niemanden, und während sie sich ärgerte, daß da wahrscheinlich jemand einen Stapel dieser Supermarktwerbung loswerden wollte, mit Sonderangeboten für Schweinebraten und Sonderposten von Vorratsdosen, klingelte es schon wieder.

»It's me! Kevin!« rief eine Stimme in die Gegensprechanlage. Sie drückte mehr automatisch als überlegt auf die grüne Taste mit dem Schlüsselsymbol und hörte, wie seine Schritte im Treppenhaus allmählich lauter wurden. Jetzt soll ich ihm Musicaltickets abkaufen, überlegte sie. Sie würde sich damit herausreden, daß sie nicht genug Geld da habe.

»Ich habe dich auf dem Balkon gesehen«, sagte er und marschierte in ihre Wohnung wie ein alter Bekannter. Er stellte seine Sporttasche im Flur ab und zog den Reißverschluß seiner Jacke auf.

»Möchtest du etwas trinken?« fragte sie.

»Danke, ja, Wasser«, antwortete er, »wo ist dein Schlafzimmer?«

»Mein Schlafzimmer?«

»Ja, ich habe eine Überraschung für dich.«

»Da«, sagte sie und zeigte auf eine halboffene Tür. Dann drehte sie sich um und ging in die Küche, um Gläser und eine Flasche Mineralwasser zu holen. Und was soll ich jetzt tun? fragte sie sich. Sie öffnete das Gefrierfach und suchte zwischen Pizza und Asia-Gemüse nach Eiswürfeln, um Zeit zu gewinnen.

Dann stand sie mit den klimpernden Wassergläsern und der Flasche in der Hand im Türrahmen zum Schlafzimmer und sah, daß er seine Sporttasche neben das Bett gestellt hatte und darin herumwühlte. Außerdem hatte er seine Jeans ausgezogen und trug nun eine abgeschnittene Jogginghose.

»Leg dich hin«, sagte er, ohne aufzublicken.

»Warum?« Sie fühlte leichte Panik in sich aufsteigen. Wer war dieser Mann? Ein Wahnsinniger? Ein Serienkiller, der in der Tasche nach seinem Seil suchte, um sie zu fesseln, zu vergewaltigen und anschließend zu erwürgen?

»Es ist eine Überraschung«, wiederholte er und sah sie nun an, »just relax. Und zieh die Strümpfe aus.«

Sie überlegte, ob das Risiko, ermordet zu werden, größer war als das Risiko, sich lächerlich zu machen, wenn sie sich einfach weigerte, sich hinzulegen. Oder ob sie sich auch dann lächerlich machte, wenn sie sich nicht weigerte, aber auch nicht ermordet wurde. Ohne zu einem Schluß gekommen zu sein, stellte sie Gläser und Flasche auf den Nachttisch, zog ihre Socken aus und setzte sich aufs Bett. Sie war froh, daß sie sich an diesem Morgen für die lange hellbraune Baumwollhose entschieden hatte und nicht für den kurzen Jeansrock.

»Was ist los?« fragte er, »warum legst du dich nicht hin und entspannst dich?« Aus einer Plastiktüte hatte er eine kleine dunkle Flasche gezogen. Äther, dachte sie.

»Was soll das denn hier werden?« fragte sie und bemühte sich, gleichzeitig genervt und selbstsicher zu klingen. Kurz hatte sie erwogen, zu behaupten, ihr Freund komme gleich vom Einkaufen zurück. Obwohl sie gar keinen Freund hatte. Aber vielleicht hakte Kevin nach, und dann würde sie sich früher oder später in ihren Lügen verstricken, und er könnte sich erst recht in Sicherheit wiegen.

»Mein Gott, ich will dir eine Fußmassage geben«, sagte er.

Ein Fußfetischist also. Auch das noch. Da wäre sie fast lieber ermordet worden, denn sie schämte sich schon immer für ihre viel zu großen Füße und die häßlichen krummen Zehen. Sie trug deshalb keine Riemensandalen, keine Flip-Flops und ging ungern barfuß, selbst wenn sie allein war.

»Ich bin kitzlig«, behauptete sie, aber es war zu spät. Er hatte schon Öl in die Handfläche gegossen, es zwischen beiden Händen verteilt, kniete nun vor dem Bett und griff ihren rechten Fuß. Seine Daumen kneteten den Ballen. Sie überlegte, was er wohl über die deformierten Zehen dachte. Jedenfalls ließ er sich nichts anmerken, sondern blickte konzentriert auf ihre Fußsohle. Der Geruch von Eukalyptus und Menthol stieg ihr in die Nase.

Er machte eine Pause. »Ich kann nicht richtig massieren«, sagte er, »wenn ich dein Bein die ganze Zeit hochhalten muß.«

Sie rückte in Richtung Kopfende des Bettes. Vorsichtshalber legte sie sich aber nicht auf den Rücken, sondern stützte sich mit den Ellenbogen auf, um ihn im Blick zu behalten. Gerade zog er ihre Zehen in die Länge.

»Do you enjoy it?« fragte er.

»Ja«, behauptete sie.

Er rieb ihren Fuß in einem schnellen Rhythmus zwischen seinen Handflächen. Sie spürte die Hitze, die die Reibung auf ihrer Haut erzeugte. Selbst im Sommer hatte sie kalte Füße.

»Hast du Rückenschmerzen?« fragte er und bog an ihrem großen Zeh herum. »Fühlt sich nicht gut an hier.«

Natürlich hatte sie oft Schmerzen, an der Lendenwirbelsäule, wie alle Menschen, die bei der Arbeit ewig vor dem Computer sitzen. Und wie alle, die den ganzen Tag stehen. Diese Diagnose war also kein Kunststück. Sie bezweifelte im übrigen, daß Zehengymnastik dagegen half. Der Orthopäde hatte zu Bauchmuskeltraining geraten.

Ihre Hände wurden langsam taub, und die Schultern taten ihr vom Aufstützen weh. Sie mußte sich aufsetzen oder hinlegen. Als er sich den linken Fuß vornahm, drehte sie sich auf die Seite. So konnte sie ihn immer noch im Blick behalten. Sie stellte fest, daß er einen Ehering trug, was sie irgendwie beruhigend fand. Aber andererseits: Ob seine Frau wohl die geringste Ahnung davon hatte, daß er Zufallsbekanntschaften in deren Schlafzimmer die Füße massierte? Oder hatte sie ihn vielleicht selbst auf diese Weise kennengelernt?

Kevin preßte den Daumen kräftig auf ihre Ferse. Druck, Entspannung, Druck, Entspannung. Reflexzonenmassage, vermutete sie. Sie versuchte sich an diese groben Skizzen der Fußsohle zu erinnern, auf denen Felder für die verschiedenen Organe eingezeichnet waren. Sie hätte gerne gewußt, worauf er gerade herumdrückte, unterließ es aber, ihn zu fragen. Was, wenn er ihre Gebärmutter bearbeitete?

»Machst du das öfter?« fragte sie statt dessen.

»Manchmal für Kollegen«, antwortete er, »my special treat.«

Was auch immer »special treat« bedeuten sollte, dachte sie, vor allem in ihrem Fall.

Sie ließ den rechten Fuß über die Bettkante hängen, aus Angst vor Ölflecken auf der Tagesdecke. Sie hatte sie erst kürzlich aus rotoranger Seide genäht, was ihr, als die Decke zum ersten Mal auf ihrem Bett lag, doch ein wenig peinlich war. Die Farbe entsprach genau ihrer Vorstellung von der Dekoration eines angejahrten Bordells, und sie fürchtete, daß dies anderen auch so gehen könnte.

Kevin ließ ihren Fuß rotieren, die Hand um den Ballen gelegt. Links herum. Rechts herum.

»So«, sagte er schließlich, mit langgezogenem O, das sich zu einem U verjüngte, und strich noch dreimal über die Sohle. Vorsichtig legte er dann den linken Fuß auf der Bettdecke ab. Sie wußte, daß der dunkle Ölfleck auf der Seide sie in Zukunft an diesen Moment erinnern würde.

»Du bleibst noch eine halbe Stunde liegen und entspannst dich.«

Kevin schraubte den Deckel auf die Ölflasche, wickelte sie in die Plastiktüte, faltete seine Jeans zusammen und stopfte alles in die Sporttasche. Er zog seine Sneakers an und stand auf.

»Wo sind deine CDs?« fragte er.

»Nebenan«, antwortete sie. Es wäre eine gute Gelegenheit gewesen, um aufzustehen und endlich das Schlafzimmer zu verlassen. Aber sie befürchtete, mit ihren öligen Füßen auf den Holzdielen auszugleiten oder zumindest den Tag damit zu verbringen, auf den Knien rutschend ihre Fußabdrücke mit Seifenwasser wieder wegzuwischen.

Aus dem Wohnzimmer drangen die warmen Ambient-Klänge ihres Café-del-Mar-Samplers. Dann stand Kevin wieder in der Tür.

»Ich muß zum Training«, sagte er, während er seine Tasche nahm, »I hope you liked it.«

Aus dem Flur wehte noch ein »see you« zu ihr ins Schlafzimmer. Dann war er weg.

Sie lag auf ihrem Bett und horchte auf seine verhallenden Schritte im Treppenhaus. Plötzlich fühlte sie sich müde. Sie legte sich in eine entspanntere Position auf den Rücken, die Arme hinter dem Kopf verschränkt, und schloß die Augen. Dann begann sie, die warmen, öligen Füße aneinanderzureiben. Sie fragte sich, ob Kevin wohl wiederkommen würde.

VERLOREN UND GEFUNDEN

Nick glaubte nicht an Schicksal, auch nicht an sich-selbst-erfüllende-Prophezeiungen. Selbst jetzt, nachdem dies alles passiert war, würde er vermutlich abstreiten, daß er versucht hatte, seinen größten Ängsten zu entkommen, nur um ihnen geradewegs in die Arme zu laufen. Aus seiner Sicht hatte er einfach eine Niederlage erlitten. Für jemanden wie ihn war das schon schlimm genug.

Das Foyer des Verlagshauses hatte eine Stahl- und Glaskonstruktion, wie sie seit ein paar Jahren in Mode war. Ein deutsch-iranischer Architekt, der so ungefähr jedes zweite Bürohaus in der Stadt entwarf und offensichtlich als lokales Genie galt (oder die besten Verbindungen zu Investoren und Behörden hatte, was Nick wahrscheinlicher erschien), hatte diese transparenten Fassaden zu seinem Markenzeichen gemacht. Manchmal, als kleine Abweichung, kombinierte der Architekt auch Ziegelstein mit Glas und Aluminium. Denn der Oberbaudirektor war ein Rotklinker-Fanatiker – weil in der Stadt traditionell mit dem Material gearbeitet wurde und, mehr noch, weil sein großes stadtplanerisches Vorbild achtzig Jahre zuvor ganze Viertel aus dem roten Stein hatte hochziehen lassen. Jeder Klinkerstein erhöhte also die Chance, daß der Entwurf genehmigt werden würde.

Dem Verlagsgebäude war dieser angestrengte lokale Bezug erspart geblieben, abgesehen von ein paar kompromißlerischen Bullaugen-Fenstern weit oben in der Fassade, die daran erinnern sollten, daß das Haus in einer Hafenstadt stand. Das Unternehmen war wohl zu wichtig für die Stadt, vermutete Nick, als daß man es wegen ästhetischer Differenzen verärgern wollte.

Seit knapp einem Jahr war Nick in dem Verlag für die Koordination von Zeitschriftenprojekten im Ausland zuständig. Doch aufgrund von Umbesetzungen, Schwangerschaftsvertretungen und Kompetenzverschiebungen, und vielleicht, weil er nicht nur Betriebswirtschaftler, sondern auch ausgebildeter Journalist war, und weil außerdem ein Vorstandsmitglied große Stücke auf ihn hielt und ihn deshalb für die Aufgabe empfohlen hatte, gehörte vorübergehend auch die Planung von Ausstellungen im Foyer zu seinen Aufgaben. Plötzlich sah Nick sich damit konfrontiert, zu organisieren, wann man dort sensationelle Luftaufnahmen der Erde, wann Arbeitergesichter in Schwarzweiß und wann die Ergebnisse eines Fotowettbewerbs zeigen würde. Im Grunde interessierte ihn die Sache nicht besonders, aber es war eine Gelegenheit, dem Vorstand sein Universalgeschick zu beweisen, und das konnte nie schaden.

Bei den Eröffnungen hielt Nick sich meist im Hintergrund und hörte der Rede zu, die er für den Vorstand geschrieben hatte. Dabei konnte er beobachten, wie der Text ankam. Wenn Gäste sich leise unterhielten oder abwesend ihren Prosecco aus von Fingerabdrücken blind gewordenen Gläsern tranken, hätte er sie am liebsten zur Ordnung gerufen.

An diesem Abend hingen an den weißen Stellwänden postergroße Porträts von Spitzenpolitikern, die im Abstand von mehreren Jahren, manchmal sogar Jahrzehnten aufgenommen worden waren. Bei den meisten hatte sich junge, glatte Fröhlichkeit in gefaltete Ernsthaftigkeit verwandelt. Manche jedoch, fand Nick, hatten erst mit dem Alter ein Gesicht bekommen – ein Gedanke, den er sofort in den Redetext eingefügt hatte. Ansonsten hatte er die Ansprache mehr oder weniger auf die Entstehungsgeschichte der Fotoreihe beschränkt, denn weitere, Tiefsinn vortäuschende Interpretationen waren ihm nicht eingefallen. Außerdem hatte er Wichtigeres zu tun.

Dieses Mal hielt, wie Nick erst zwei Tage vor der Eröffnung erfahren hatte, niemand aus dem Vorstand die Rede, sondern der Chefredakteur des politischen Wochenmagazins, das der Verlag herausgab. Mißmutig bemerkte Nick, daß dieser seinen Text nur für eine kurze Einleitung ausgeschlachtet hatte und nun eine Anekdote nach der anderen über seine eigenen Begegnungen mit den porträtierten Politikern zum Besten gab. Die Gäste hörten interessiert zu und lachten an den kalkulierten Stellen. Nick spürte Groll in sich hochsteigen, gegen die eitle Selbstdarstellung dieses Berufssonnyboys, gegen die Gäste, die wie blöde Schafe diesen Angeber mit seiner leuchtend grünen Krawatte und den immer noch blonden, verstruwwelten Haaren anglotzten, gegen ihr bestätigendes Lachen. In

Wahrheit aber war er wütend, weil er sich eingestehen mußte, daß die Rede des Chefredakteurs besser war als sein Text, denn sie war amüsant.

»Der hört sich ziemlich gerne reden.«

Erst jetzt bemerkte Nick, daß neben ihm am Stehtisch eine junge Frau lehnte und mit ironischem Lächeln den Chefredakteur beobachtete.

»Dazu sage ich lieber nichts«, antwortete Nick.

»Das sagt aber viel.«

Die Frau zog amüsiert den rechten Mundwinkel nach oben und blickte ihn herausfordernd an. Blitzschnell schoß die Frage »was will die von mir« durch Nicks Kopf und verschwand im Nichts, denn nun sah er nur noch ihr schmales Gesicht, ihre dunkelbraunen Augen, die langen glatten hellbraunen Haare, die ihr über den Rücken fielen. Sie war klein und zierlich, und ihre weit aufgeknöpfte schwarze Bluse legte ein perfektes Dekolleté frei, wie es Nick bisher nur in Wonderbra-Anzeigen begegnet war. Die Frau war vielleicht Mitte zwanzig. Sie schien alles in sich zu vereinen, was er von einer Idealfrau erwartete. Inklusive der engen schwarzen Lederhose.

Sie hieß Christina, wie er schnell erfuhr. Sie studierte Politik und Geschichte und war mit ein paar Kommilitonen zur Vernissage gekommen. Eigentlich wollte sie Journalistin werden. »Wie alle anderen auch«, sagte sie, denn der Beruf hatte immer noch einen gewissen Glamour, obwohl die ganze Branche wegen der riesigen Einbrüche im Anzeigengeschäft in einer tiefen Krise steckte und die Verlage dauernd Mitarbeiter entließen. Selbst einen anständigen Praktikumsplatz zu bekommen sei praktisch unmöglich geworden, erzählte sie. Ab und zu schrieb sie für das Stadtmagazin, und sie hatte schon für Lokalzeitungen gearbeitet, wenn auch nicht oft.

Nick holte zwei frische Gläser mit Prosecco und dann noch zwei, bereute, daß er aus Geiz den Nadelstreifenanzug von Boss gekauft hatte und nicht das Original mit den Doppelklapptaschen von Dolce & Gabbana, in dem er gleichzeitig eleganter und lässiger ausgesehen hätte, und begann, ihr von seinem Job zu erzählen. Es schien sie tatsächlich zu interessieren, stellte er fest, denn sie hakte immer wieder nach. Er war ungehalten darüber, daß sich ständig Kollegen zu ihnen gesellten und ihr Gespräch mit Smalltalk zersetzten, aber er bemühte sich, das nicht zu zeigen, und gleichzeitig überlegte er, wie er Christina zu einem Wiedersehen einladen und dabei gelassen und unverbindlich wirken könnte.

»Wenn du möchtest, kann ich mal nachfragen, ob du hier im Haus ein Praktikum machen kannst.«

Sie gab ihm sofort ihre Handynummer. Er zog eine Visitenkarte aus seiner Brieftasche, in der Hoffnung, sie mit seiner Position im Verlag zu beeindrucken. Und tatsächlich las sie den Titel anerkennend vor. »Ich melde mich, sobald ich etwas weiß«, sagte Nick.

Er war sicher, daß dies der Anfang von etwas war, nach dem er lange vergeblich gesucht hatte.

Nick, der eigentlich Nikolaus hieß, hatte zuvor ein paar Jahre lang in Osteuropa gelebt, wo er für seinen Verlag das Auslandsgeschäft organisierte. Er hatte großes Talent darin, schnell

Sprachen zu lernen, weshalb der Verlag ihn nacheinander in verschiedene Länder schickte, deren Zeitschriftenmarkt vielversprechend erschien. Bei jeder Versetzung dachte Nick darüber nach, ob er nicht wieder zurückkehren sollte nach Deutschland, denn eigentlich hatte er sich immer vorgestellt, eine Frau zu finden und eine Familie zu gründen. Die meisten seiner Studienfreunde waren längst verheiratet und hatten Kinder, manche ließen sich schon wieder scheiden. Nick aber kam über kurze Beziehungen, die man in Wahrheit Affären nennen mußte, nicht hinaus.

An seinem Aussehen lag das nicht, im Gegenteil: Er hatte hellblaue Augen und rote, störrische Haare, die ihm etwas Unbezähmbares gaben, um so mehr, wenn er sich ab und zu einen kurzen Vollbart wachsen ließ. Aber da war noch etwas anderes in seinem Gesicht, etwas, das er selbst nie bemerkt hatte, etwas Bitteres oder sogar Finsteres. Vielleicht lag es nur an seinen zu schmal geratenen Lippen.

Viele Frauen hatten sich für Nick interessiert, egal, wo in Osteuropa er gerade war. Für ihn war es eine Bettgeschichte nach der anderen, nicht ernstzunehmen, denn er war der Überzeugung, daß alle diese Frauen von ihm geheiratet werden wollten, um rauszukommen aus ihrem Land, das ihnen keine Zukunft zu bieten hatte. Literaturwissenschaftlerinnen, Ingenieurinnen, Journalistinnen – jeder ging es nur um die Arbeitserlaubnis in Deutschland, dachte Nick, später gekrönt von der Staatsbürgerschaft, und dafür prostituierten sie sich eben. Er war nur ein mehr oder weniger angenehmes Mittel zum langfristigen Ziel, das stand fest, und deshalb waren diese Frauen für ihn Mittel zum kurzfristigen Ziel. Er aber suchte eine Frau fürs Leben, die ihn über alles liebte, weil er der Mensch war, der er war, so formulierte er es für sich selbst.

Als Nick vierzig Jahre alt wurde, fand er, es sei Zeit, endgültig nach Deutschland zurückzukehren, um die Frau zum Heiraten zu suchen und mit ihr Kinder zu haben. Er stellte sich vor, daß er mit seinem Sohn Fußball spielen würde, und deshalb wollte er in einem Alter sein, in dem er noch mithalten konnte. Vielleicht würde er dann ins Alte-Herren-Team gehen und sein Sohn in die E-Jugend. Und natürlich würden sie sich gemeinsam ab und zu im Stadion Bundesligaspiele ansehen.

Ein paar Monate später nahm er den Posten als Koordinator für die Auslandsprojekte an und zog in die Hafenstadt. Er mietete eine frisch renovierte Vier-Zimmer-Wohnung, die zu groß für ihn allein war, aber vielleicht würde die Frau, die er möglichst bald zu finden hoffte, bei ihm einziehen wollen. Die Möblierung war für ihn ein Provisorium, davon verstand er ohnehin nichts, nur ein Zwei-mal-zwei-Meter-Bett schaffte er sich an.

Bei der Geburtstagsparty eines Kollegen lernte er eine Zahnärztin kennen. Schon bei ihrem ersten Treffen weihten sie sein riesiges Bett ein, und sie verstanden sich auch außerhalb so gut, daß Nick der Gedanke kam, er sei auf Anhieb der richtigen Frau begegnet. Daß sie ihm einige Kerzenständer schenkte und weiße Fertiggardinen, damit die kahlen Räume wohnlicher wurden, bestätigte ihn in seinem Glauben. Allmählich aber stellte er fest, daß sie ihn nicht so sehr liebte, wie er es sich vorgestellt hatte. Er las das daran ab, daß ihr zwei Treffen pro

Woche auszureichen schienen und sie sich an den anderen Tagen lieber mit Freundinnen traf oder länger arbeitete oder den Abend allein verbringen wollte. Schließlich kam er auf das Thema Kinder zu sprechen, denn sie war schon Mitte dreißig, deshalb wurde es langsam Zeit, mehr als zwei Kinder waren schon gar nicht mehr drin. Nick erwähnte eine Kollegin im mittleren Management des Verlags, die nach einem halben Jahr Elternzeit in den Job zurückgekehrt sei, was er unmöglich fände. Wozu schaffte man sich da überhaupt Kinder an? Mütter sollten seiner Ansicht nach drei, mindestens jedoch zwei Jahre lang zu Hause bleiben. Die Zahnärztin war irritiert von seiner plötzlichen Vehemenz und widersprach heftig. Und erklärte, sie selbst wolle keine Kinder, auch nicht mit ihm, falls er das meine, das sei mit ihrem Beruf und ihrem Lebensstil unvereinbar.

Sie waren sich schnell einig, daß es besser war, die Sache sofort zu beenden. Ein bitterer Nachgeschmack blieb, Nick fühlte sich mißbraucht und getäuscht und schwor sich, bei der nächsten Frau gleich etwas genauer hinzusehen.

Am Tag nach der Vernissage sah Nick immer wieder auf den Zettel mit Christinas Telefonnummer. Am liebsten hätte er sie sofort angerufen, aber wenn er zu offensiv wirkte, würde er sie vielleicht verschrecken. Und so schnell konnte er ihr auch keinen Praktikumsplatz verschaffen. Im Grunde wußte er nicht, wie er überhaupt vorgehen sollte, denn er kannte fast ausschließlich Verlagskollegen, die fürs Auslandsgeschäft zuständig waren, und kaum jemanden aus den Redaktionen. Wenn er sich da unvermittelt melden und nach einer Praktikumsstelle für eine Studentin erkundigen würde, könnte das sehr merkwürdig wirken. Und was wäre, dachte Nick, wenn er Christina beim nächsten Wiedersehen gar nicht mehr so faszinierend fände?

Zwei Tage später rief er sie an und schlug ihr vor, sich auf einen Kaffee zu treffen. Da könnten sie dann in Ruhe besprechen, bei welcher Zeitschrift sie das Praktikum am besten machen sollte und alle weiteren Details. Christina war sofort einverstanden. Sie hatte sogar am nächsten Tag Zeit, am frühen Abend, direkt nach seiner Arbeit. »Wo?« fragte Nick.

»Kennst du die Erste Liebe?«

Er hatte noch nie von dem Café gehört. Aber der Name erschien ihm wie ein Versprechen.

Die Erste Liebe war mal ein großzügig angelegtes Geschäft gewesen, mit Parkett und Schaufenstern, die vom Boden bis zur hohen Jugendstildecke reichten. Statt einzelner kleiner Tische gab es lange, schwere Holztische, um die herum Bänke standen, und einen raumgreifenden Tresen, an dem man sich die Getränke selbst abholen mußte. Das Café gehörte zu einer Filmproduktionsfirma, die nebenan ihre Büros hatte. Die Gäste in den uniformen Kombinationen aus Jackett mit Jeans und Hemd über der Hose waren mehr oder weniger gelungene Kopien von Johnny Depp auf dem Cover von »Amica«, das Nick vor ein paar Monaten aufgefallen war, und sie machten deshalb auf ihn den Eindruck, als würden auch sie alle beim Film arbeiten. Nicks Hemd dagegen steckte in der Hose des schmalgeschnittenen schwarzen Drei-Knopf-Nadelstreifenanzugs von Dolce & Gabbana, den er doch noch gekauft hatte, weil ihn die abwechselnd dünnen und etwas breiteren beigen Streifen nicht losließen und er sich letztendlich mit der Boss-Kopie unterbewertet fand. Die Frauen in der Ersten Liebe trugen Jeans und dazu spitze Stiefel mit Pfennigabsatz. Das gefiel ihm schon deutlich besser.

Christina kam zehn Minuten zu spät, völlig in Ordung für eine Frau, dachte Nick. Sie hatte ihre Haare aufgesteckt, lässig unordentlich, als wäre sie gerade aus dem Bett gestiegen. Diesmal trug sie eine helle Hose und einen engen pinkfarbenen Wollpullover, in den eine bunte indische Gottheit eingestrickt war. Der tiefe V-Ausschnitt ließ ihre Brüste noch üppiger erscheinen. Wenn Christina schwanger war, dachte Nick, würden sie riesig werden. Und sehr fest. Die Vorstellung gefiel ihm.

Er befragte sie nach ihren Erwartungen an das Praktikum, während er gleichzeitig darüber nachdachte, wie er sie für sich gewinnen, wie er sie in sein Bett bekommen könnte, das er am Morgen vorsichtshalber frisch bezogen hatte, obwohl er der Ansicht war, sie sei keine Frau, mit der man am ersten Abend ins Bett dürfe. Alle seine üblichen Taktiken – nach der Hand greifen und sie streicheln, einfach nur fasziniert schauen und lächeln oder einen schnellen Ich-konnte-einfach-nicht-anders-Kuß auf ihre Lippen zaubern – kamen nicht in Frage, denn Christina war etwas ganz Besonderes und mußte deshalb ganz besonders behandelt werden.

Natürlich wollte sie ausgerechnet zu dem politischen Wochenmagazin seines Verlags, dessen Chefredakteur Nick wegen der abgeänderten Rede immer noch grollte. Außerdem, das machte es noch schwieriger, nahmen die fast ausschließlich Praktikanten von der hauseigenen Journalistenschule. Aber irgendwie mußte er das hinbekommen, es hing so viel davon ab.

Ein Handy klingelte, die metallische Melodie erinnerte Nick entfernt an fernöstliche Musikinstrumente. Christina griff in ihre schwarze Lederhandtasche, die neben ihr auf der Bank stand, holte ein kleines silbernes Klapptelefon heraus, blickte aufs Display und dachte eine Sekunde lang nach. Dann warf sie das Handy in die Tasche zurück.

»Willst du nicht rangehen?« fragte Nick. »Laß dich von mir nicht stören.«

»Das war nicht so dringend. Wofür habe ich denn eine Mailbox?«

Sie wandte sich ihm direkt zu und lächelte, so als wollte sie sagen, abgehakt, nächste Frage bitte. Zeigte ihr Gesicht nicht eine Spur von Unsicherheit oder Verlegenheit?

»Hast du Hunger? Sollen wir noch etwas essen gehen?« fragte Nick, denn in der Ersten Liebe gab es nur Sandwiches und zwei verschiedene Suppen, wie er auf der großen, modisch-altmodischen Stecktafel gelesen hatte.

»Danke, aber das schaffe ich nicht, ich muß noch eine Stunde mit dem Zug nach Hause fahren.«

»Du wohnst gar nicht hier?«

Nein, sie lebte in der hundert Kilometer entfernten nächsten Großstadt und pendelte zur Uni.

»Und wieso hast du dir nicht hier eine Wohnung genommen?«

»Mein Freund arbeitet dort. Wir wohnen zusammen.«

Was für ein Idiot er gewesen war. Völlig klar, daß so eine Frau einen Freund hatte, wahrscheinlich irgendeinen Kerl in ihrem Alter, und nicht einen, der sein Leben mit nutzlosen Affären verbracht hatte.

Er nahm einen Schluck kalten Pinot Grigio, um sich zu beruhigen. Ein Mittzwanziger konnte Christina doch gar nicht gerecht werden, er dagegen würde sie richtig verstehen und schätzen können.

»Vielleicht ziehe ich aber auch bald aus.«

Also doch. Sie gab ihm ein Zeichen, nicht so schnell aufzugeben. Das hätte er sowieso nicht. Doch als er vorsichtig nachfragte, blockte sie ab: Sie habe keine Lust, sich den netten Abend mit ihm zu verderben.

Nick brachte Christina in seinem silbernen Audi TT Cabrio zum Bahnhof. Kurz hatte er mit dem Gedanken gespielt, sie ganz nach Hause zu fahren, doch das erschien ihm verfrüht. Er werde sich melden, sagte Nick, sobald er mehr wisse wegen des Praktikums. Oder ob sie nicht mal Lust hätte, mit ihm zum Mittagessen in die Kantine seines Verlags zu gehen, deren Innenarchitektur einen Designpreis gewonnen habe?

»Ja, unbedingt«, sagte sie, »ich melde mich nächste Woche, okay?«

Der Chefredakteur war in einer Konferenz. Er bitte um Rückruf, sagte Nick der Sekretärin.

»Und welches Stichwort soll ich ihm sagen?« fragte die Sekretärin. Sie hatte eine ungewöhnlich rauhe und tiefe Stimme. Raucherin sicher, dachte Nick, Kehlkopfkrebs-Kandidatin.

»Praktikum.«

Das hätte er besser nicht gesagt, aber nun war es zu spät. Er sah den Witz schon kommen.

Einen halben Tag ließ der Chefredakteur sich Zeit, bis er sich meldete.

»Sie wollen ein Praktikum bei uns machen?«

Nick konnte das Grinsen aus der Stimme heraushören.

»Nein, nicht ich, eine gute Bekannte von mir. Sie studiert Politik und Germanistik, will aber nach dem Abschluß in den Journalismus wechseln und würde deshalb gerne für drei Monate bei Ihnen im Deutschland-Ressort ein Praktikum machen.«

»Sie wissen, daß wir nur Journalistenschüler nehmen?«

»Fast nur, soweit ich gehört habe. Sie ist wirklich sehr talentiert, es könnte sich lohnen, eine Ausnahme zu machen.«

»Die Journalistenschüler sind auch alle sehr talentiert, sonst wären sie nicht auf unserer Schule. Aber schicken Sie mir doch einfach die Unterlagen Ihrer Bekannten rüber, dann schaue ich sie mir an.«

Nick legte auf und lehnte sich in seinem schwarzen Lederdrehstuhl zurück, die Hände hinter dem Kopf verschränkt. Das würde schwieriger werden als gedacht. Der Chefredakteur hatte kein einziges Wort über die Rede verloren, nichts Unverbindlich-Freundliches gesagt. Kein gutes Zeichen. Hatte er ihn mal verärgert? Nick versuchte, sich an ihre wenigen

Begegnungen zu erinnern, Konferenzen, Mittagessen, ein Empfang. Nein, da war nichts vorgefallen.

Nick hatte keine Ahnung, ob Christina talentiert war, obwohl er es annahm oder, ehrlicherweise, doch eher hoffte. Er mußte sie sofort anrufen, damit sie ihm ihre Bewerbungsunterlagen gab. Sie könnten sich bei der Gelegenheit zum Essen treffen. Am besten in diesem neuen Restaurant am Hafen, in das man jetzt ging, Friends of Japan oder so ähnlich. Das könnte ihr gefallen.

Es war nur ihre Mailbox dran. Wahrscheinlich saß sie noch im Seminar. Nein, dazu war es zu spät. Oder war sie schon zu Hause bei ihrem Freund und hatte deshalb das Handy abgeschaltet? Nick hinterließ eine kurze Nachricht und versuchte, die Bilder von Christina und ihrem Freund, die sich ungebeten in seinen Kopf geschoben hatten, wieder loszuwerden.

Sie schickte eine Sms: »Wie ist die Adresse? Bin dann da! Habe alles zusammen! Danke und liebe Grüße! Christina«.

Liebe Grüße. Nicht nur: Grüße. Sie mochte ihn also. Oder las er zuviel in dieses »liebe« hinein? Nein, einem Mann, den man nur zweimal getroffen hatte, schickte man normalerweise einen simplen Gruß. Er würde ihr mit etwas Besonderem antworten müssen, einem Zeichen, daß er sie verstanden hatte und daß er sich für sie bemühte, weil er sich um sie bemühte.

Nick fuhr mit dem Aufzug in die Tiefgarage und ging zu seinem Cabrio. Die meisten Parkplätze waren schon leer. Für die Kinder werden wir einen Kombi kaufen müssen, dachte er. Den Audi würde er trotzdem behalten.

Es war dunkel, als Nick am Hafen entlangfuhr, und er sah auf der anderen Seite des Flusses die beleuchteten Kräne, die riesigen Schiffe. Jedesmal, wenn er dort vorbeikam, kam ihm der gleiche Gedanke: daß er in einer Weltstadt lebte, und er hatte für einen Moment ein Gefühl der Erhabenheit. Als sei da etwas Großes, von dem er ein Teil war.

Er parkte den Audi in zweiter Reihe, ging ins Restaurant und reservierte einen Tisch. Es war laut, sehr laut in dem großen Raum. Der Preis für die minimalistische Innenausstattung aus Beton und Holz war der Hall. »fish & friends«, wie das Restaurant in Wahrheit hieß, war nicht der richtige Ort für ein romantisches Abendessen zu zweit. Aber er würde Christina damit zeigen, daß er wußte, wo man in dieser Stadt essen ging, wenn man Ahnung hatte. Und er würde ihr eine neue Welt eröffnen. Ihr Freund könnte ihr so ein Lokal nicht bieten: »Spicy Tuna Tempura«, 8 Euro. »Tunasashimi vom Grill mit Rucolasalat und Barbecue-Tomatensauce«, 11,50 Euro. Preise für Vierzigjährige, nicht für Studenten.

Nick stieg nicht direkt ins Auto, sondern schlenderte über die Straße und zog sein Handy heraus. Dann machte er ein Foto von »fish & friends« und sendete es Christina. Sie sollte sehen, wie sehr er sich für sie ins Zeug legte.

Sie begrüßten sich mit Wangenküssen, wie alte Freunde, und Nick nahm Christina den Mantel ab. Sie sah großartig aus, kurzer schwarzer Rock, hohe Stiefel, genau wie er es mochte. Sie hatte Klasse. Deshalb bestellte sie auch den kleinen »Sushi-Sashimi Mix« und nicht den großen, während er »Teriyaki vom Zander mit Kartoffel-Avocadopüree und Pflaumensesam« aß. Er ließ eine Flasche Chardonnay »Castello della Sala« kommen und ermutigte sie zu trinken, da er noch fahren müsse.

Ihre Unterlagen hatte Christina einzeln in Klarsichthüllen gesteckt und diese in einer dünnen schwarzen Mappe abgeheftet. Die Bewerbung sah perfekt aus, das Anschreiben bestand aus, wie er ihr empfohlen hatte, »drei appetitlichen Textinseln« – ein Ausdruck, den sein Journalistiklehrer erfunden hatte. Ihre Artikel würde er später in Ruhe durchlesen.

Es gelang Nick nicht, den Abend zu genießen. Stimmengewirr, Geschirrklappern, Gäste, die kamen und gingen, herumeilende Kellner. Christina schien das nicht zu stören, sie gab ihm eine ausführliche Einführung in ihre Lebensgeschichte. Doch es war in Wahrheit nicht der Lärm, der Nick zunehmend ablenkte und erboste, sondern das Paar am Nebentisch, das sich zu »fish & friends« verirrt haben mußte, denn es paßte eindeutig nicht in das Restaurant: Er Anfang sechzig, von Längsfalten durchzogenes Gesicht, das ihm einen verlebten und zynischen Ausdruck verlieh, breitbeinig selbstgefällig dasitzend – vermutlich neureicher Geschäftsmann. Sie Ende zwanzig, operierte, gepushte Brüste, lange, blondgefärbte Haare, absurd kurzer Rock – vermutlich, ja, was schon. Die Lokale in Osteuropa waren voll gewesen mit solchen Frauen; manchmal war die jeweilige Affäre, mit der Nick unterwegs war, die einzige Frau im Lokal gewesen, die für ihre Zuneigung mehr erwartete als ein Abendessen und den Lohn für die Nacht.

Erst saßen die beiden am Nebentisch sich noch gegenüber, dann, nach dem Dessert, rutschte er zu ihr auf die Bank und legte seine braungefleckte Hand um ihren Nacken. Nick drängte nach der »Praline-Moussetorte mit Rote-Grütze-Eis« schnell zum Aufbruch, um noch einen Drink in einer nahegelegenen Bar zu nehmen. Dort hatte man den besten Blick über den Fluß.

»Mein letzter Zug geht um 0.10 Uhr«, sagte Christina.

Es war 22.45 Uhr. »Das schaffen wir«, sagte Nick und legte beim Herausgehen wie selbstverständlich den Arm um ihre Schultern. Sie ließ es sich gefallen. Er hatte sogar den Eindruck, sie drücke sich hinein. Für einen Moment war es, wie er es sich immer vorgestellt hatte, er mit seiner jungen, schönen Frau im Arm.

Sie blieben zu lange in der Bar. Als sie durch die leere Bahnhofshalle rannten, war es 0.09 Uhr.

»Das schaffen wir nicht mehr!« rief Christina, die immer weiter zurückblieb.

»Doch, los!« rief Nick, während er etwas langsamer wurde.

Er hoffte, daß der Zug schon weg sein würde, aber er stand noch auf dem Gleis. Als sie die Treppe zum Bahnsteig hinabliefen, pfiff der Schaffner, als sie unten ankamen, knallten die Türen zu.

»Zu spät«, sagte Christina.

»Meine Schuld, ich habe dich in die Bar geschleppt. Komm, ich fahre dich mit dem Wagen nach Hause.«

»Bist du verrückt? Um diese Zeit? Du brauchst für jede Strecke eine Stunde.«

»Wo ist das Problem?«

»Das Problem ist, daß ich das nicht möchte. Ich klingele bei einer Freundin.«

»Um diese Uhrzeit?«

Christina zuckte mit den Schultern. Seine Chance.

»Darf ich dir vielleicht das Schlafsofa in meinem Wohnzimmer anbieten?« fragte Nick.

»Okay«, sagte sie und zog das »ay« dabei ein paar Töne nach oben; die amerikanische Intonation, die irgendwo zwischen Frage und Zustimmung lag.

»Also ja.«

Sie nickte. Er legte wieder den Arm um sie, als sie die Treppen hochstiegen. Sie gingen ein paar Stufen, dann fühlte er ihre Hand auf seiner Taille. Am liebsten hätte er laut »yes« geschrien und in die Luft geboxt. Statt dessen griff er sanft in ihr Haar, streichelte mit seinem Daumen ihren Nacken und beugte sich hinunter, dicht an ihr Ohr.

»Ich habe auch eine frische Zahnbürste für dich«, flüsterte er.

Sie küßten sich, bevor sie ins Auto stiegen, im Auto, an den Ampeln, als sie parkten, vor der Haustür, vor der Wohnungstür, während er aufschloß. Sie zogen sich gegenseitig aus, streng abwechselnd, Schuhe, Stiefel, Strümpfe, Strumpfhose, Hemd, Bluse, Hose, Rock, und als sie sich wieder küßten, hakte er ihren BH auf, den sie dann langsam von ihren Schultern gleiten ließ, während er auf dem Rücken lag und ihr dabei zusah.

»Warum trägst du eigentlich einen BH?« fragte er.

»Weil ich nicht auf den Tag warten will, an dem ich ihn brauchen werde.«

Er breitete die Arme aus, und sie ließ sich auf ihn fallen.

Nick hatte nur drei Stunden geschlafen, wenn überhaupt, als er am nächsten Morgen ins Büro fuhr. Ausgerechnet an diesem Morgen hatte er um 8 Uhr eine Telefonkonferenz mit dem Verlagsleiter in Sydney. Er selbst hatte den Termin anberaumt, weil ihm das Gespräch so wichtig erschienen war, nun fand er es völlig überflüssig. Unterwegs hielt er kurz bei einem Coffeeshop und kaufte einen Caffè latte im Pappbecher.

Als er in der Tiefgarage geparkt hatte, trank er den letzten Schluck und dachte an Christina. Sie schlief in seinem alten grauen Lieblings-T-Shirt mit dem Schriftzug »Crunch«. Als er am Morgen einen letzten Blick in sein Schlafzimmer geworfen hatte, lag sie zusammengerollt auf der Seite, das Gesicht fast ganz von ihrem Haar verdeckt. Es sah aus, fand Nick, als habe sie ihren Platz gefunden.

Sie schickten sich den ganzen Tag lang Sms, wie schön die gemeinsame Nacht gewesen sei, und daß sie sich wiedersehen mußten. Christina schrieb, sie müsse am Nachmittag, wenn die Vorlesung vorbei war, nach Hause fahren, damit ihr Freund keinen Verdacht schöpfte. Aber wieviel lieber wäre sie bei Nick!

Er war glücklich. Der Sex mit ihr war unglaublich gewesen. Am liebsten hätte er das Kondom gleich weggelassen, nicht wegen des Gefühls, sondern damit sie sofort schwanger geworden wäre und ganz zu ihm gehören würde. Aber sie war noch jung. Und er würde Geduld haben. Erstmal mußte sie schnell ihr Studium fertig machen. Ein, zwei Jahre arbeiten und dann das erste Kind. Sie würden die Zeit zu zweit genießen, sie würden ungestört in Urlaub fahren. Malediven. Karibik. Oder einfach nur mit dem Cabrio nach Italien. Was sie wollte.

Jedesmal, so schien es ihm, klingelte an diesem Tag das Telefon, wenn er gerade an Christina dachte, jedesmal kam jemand ins Zimmer, wenn er ihr gerade eine Sms schickte, und immer, wenn er versuchte, sie anzurufen, meldete sein Computer mit einem Pling, daß eine Mail eingetroffen war. Immerhin merkte er auf diese Weise nicht, wie müde er war.

Erst am Abend, als Nick auch die Telefonkonferenz mit seinem Kollegen in Washington hinter sich hatte, nahm er sich Christinas Bewerbungsmappe vor. Sie war dünn; zu dünn, befürchtete er sofort. Fünf Artikel. Abiturzeugnis, Lebenslauf, Anschreiben, das war's. Er begann zu lesen, eine Rezension über ein Tourneetheater, eine Reportage über den Aufbau des Jahrmarkts, ein Interview mit einem Bezirksabgeordneten. Nick brach ab und klappte die Mappe zu. Es war nicht gerade großartig, weder inhaltlich noch stilistisch noch dramaturgisch noch sonstwie. Nichts davon, gestand er sich ein, hätte die Chance, in irgendeiner Zeitschrift aus seinem Verlag gedruckt zu werden. Am liebsten hätte er jetzt eine geraucht, aber er hatte vor drei Jahren damit aufgehört. Scheiße, dachte er.

Nein, es war nur die mangelnde Erfahrung, und die konnte man ihr nicht vorwerfen. Sie war erst 25. Sie mußte Talent haben, er hörte ihr doch auch gern zu, wenn sie sprach, sie konnte gut erzählen. Man hatte sie nicht richtig gefördert, daran lag es. Keiner hatte ihr erklärt, daß man Interviews niemals mit »und was ist Ihr nächstes Projekt?« beendete, daß es eine Todsünde war, wenn man Floskeln wie »Morgenstund hat Gold im Mund« benutzte, und daß man Ereignisse auf keinen Fall »stattfinden« und Veranstaltungen niemals »durchführen« ließ. Aber jetzt war er ja für sie da, er würde ihr alles erklären.

Er schrieb einen kurzen, sehr freundlichen Empfehlungsbrief an den Chefredakteur und steckte ihn zusammen mit der Mappe in einen Hauspostumschlag. Dann drückte er die Wiederwahltaste auf dem Handy, aber nun meldete sich nur noch Christinas Mailbox. »Du fehlst mir«, flüsterte Nick.

Sie trafen sich jeden Tag und schliefen so oft wie möglich miteinander. Einmal waren sie auf eine Party gegangen, zu der eine Kollegin ihn eingeladen hatte. Christina, fand Nick, war die schönste Frau des Abends, er ließ sie nicht aus den Augen, höchstens um den Raum abzuscannen nach bewundernden Blicken anderer Männer.

»Eine süße kleine Freundin hast du«, sagte die Gastgeberin leise zu ihm, als er am Wohnzimmerfenster lehnte und Christina zusah, wie sie zum Siebziger-Jahre-Disco von Chic tanzte – Musik, die er aus seiner Jugend kannte, also bevor Christina gezeugt worden war, wie er gerade ausgerechnet hatte.

»Danke, das finde ich auch.«

»Ist es etwas Ernstes?«

Eine reichlich direkte Frage für einen Party-Smalltalk, fand Nick, aber andererseits wollte er die Antwort gerne loswerden.

»Etwas sehr, sehr Ernstes.«

Am Wochenende, wenn sie in der anderen Stadt war, schrieb sie manchmal Sms: »Ich wäre so gerne bei dir.« Oder: »Du fehlst mir, Nick.« Oft lag er dann auf seinem Bett und sehnte sich danach, sie anzurufen. Aber sie schaltete ihr Handy grundsätzlich aus, wenn sie zu Hause war. »Laß uns kein Risiko eingehen«, sagte sie zu Nick.

Einmal war er am Samstagvormittag durch die Innenstadt geschlendert und, aus einem Impuls heraus, in den Habitat-Laden gegangen. Er trödelte durch die Möbelarrangements und überlegte, was Christina wohl gefallen könnte. Das dunkelbraune Robin-Day-Ledersofa mit den in Eiche gebeizten Holzflanken? Nick setzte sich hinein, fand es aber unbequem. Dann entdeckte er einen Kubus aus kontrastreich gemasertem Holz, das ihn an ein gefärbtes Zebrafell erinnerte. Der sähe im Schlafzimmer gut aus, als Nachttisch, dachte Nick. Obwohl er vermutlich kein Glück haben würde, rief er Christina an. Er wollte wenigstens versuchen, sie zu erreichen und sie nach ihrer Meinung zu fragen. Ihre Mailbox meldete sich sofort. Erst wollte Nick auflegen, dann fiel ihm ein, daß sie irritiert sein würde, wenn er keine Nachricht hinterlassen hatte.

»Hallo Christina«, sagte er, »ich bin bei Habitat und habe hier einen Nachttisch gefunden, ich wollte dich fragen, was du davon hältst. Aber dein Handy ist aus. Schade.« Er notierte den Produktnamen, ging zur Kasse und bestellte zwei Stück. Die Verkäuferin schaute im Computer nach.

»Es tut mir leid, das ist der letzte.«

»Können Sie noch einen nachbestellen?«

»Nein, leider nicht, das ist eine limitierte Serie.«

Zwei oder keinen. Also keinen, denn sie würden zwei passende Nachttische brauchen. In der Bad-Abteilung kaufte Nick schließlich zwei dicke weiße Handtücher, die er nicht unbedingt benötigte, die ihm aber das Gefühl gaben, der Perfektionierung der zukünftigen gemeinsamen Wohnung näherzukommen.

Sich sonntags abzulenken, war schon schwieriger. Deshalb schloß Nick sich einer Gruppe von Freunden an, die sich regelmäßig in einem Museumscafé zum Brunch traf. Nick mochte den Raum, ein alter Innenhof mit hoher Glasdecke. Auf dem sandbraunen Steinboden standen Palmen in großen Töpfen und erweckten die Atmosphäre vom Luxus vergangener Zeit, als die meisten Menschen es sich nicht leisten konnten, zu den Palmen zu reisen, und deshalb die Palmen zu ihnen reisten.

Sie schoben zwei Tische zusammen und bestellten Milchkaffee in Schalen, aßen Rührei, geräucherten Lachs, Croissants oder Joghurt mit frischen Früchten, und sie unterhielten sich laut und lachten und schufen sich die Illusion eines fröhlichen Frühstücks mit der Familie, die sie nicht hatten. Er war kein Single wie die anderen, dachte Nick, er war hier eigentlich nur auf der Durchreise.

Schlimmer als die mühsam kaschierte Einsamkeit seiner Wochenenden war, daß Nick sich immer wieder vorstellen mußte, wie Christina mit ihrem Freund Sex hatte, wie der andere seinen Schwanz in sie steckte und in ihr abspritzte. Sie hatte versichert, daß sie kaum mehr mit ihm ins Bett ging, praktisch gar nicht, und wenn ausnahmsweise doch, dann sehr ungern, und Nick war sicher, daß sie die Wahrheit sagte. Und trotzdem blieb diese rasende Eifersucht, wenn er auch nur an die Möglichkeit dachte.

»Du mußt ihn verlassen, Christina, du liebst ihn doch gar nicht mehr, du liebst mich«, sagte Nick, während er sie nackt in seinen Armen hielt und ihr Haar streichelte.

»Ja, ich liebe dich, aber ich kann mich jetzt nicht von ihm trennen, wo er vielleicht bald seinen Job verliert.«

Christinas Freund war Architekt im ersten Berufsjahr. Die wurden als erste gefeuert, wenn die Büros keine Aufträge mehr bekamen, und im Moment wurde kaum noch gebaut. Sie mußte ausziehen, bevor er entlassen werden würde – sehr bald also.

»Du mußt an dein Leben denken«, sagte Nick, »und an unseres. Du mußt ihm die Wahrheit erzählen.«

»Das mache ich auch. Aber halt noch ein bißchen durch, Nick. Ich brauche auch etwas Zeit. Wir sind schließlich seit neun Jahren zusammen.«

Dann küßte sie ihn.

Der Chefredakteur schickte Christinas Bewerbungsmappe vier Wochen später zurück. Nick hatte in der Zwischenzeit schon ungeduldig bei dessen Sekretärin nachgehakt und erfahren, daß der Chefredakteur erst auf Dienstreise in China war und anschließend für zwei Wochen im Urlaub. Nick verbiß sich die Frage, ob er die Ferien in China verbrachte – Kombinationen aus Dienstreise und Urlaub waren im Verlag verboten. Jedenfalls für die unteren Etagen.

Statt eines handgeschriebenen Briefs, wie Nick ihn beigelegt hatte, hatte der Chefredakteur seine Sekretärin die Absage tippen lassen: ... leider nur Journalistenschüler.

Was für ein Affront. Eine formale Begründung, mit der man unverlangt eingesandte Bewerbungen zurückschickte, und dazu noch eine Lüge, von der der Chefredakteur wußte, daß Nick sie durchschaute. Aber das war ja genau seine Absicht. Nick ging in seinem Büro wütend hin und her und dachte: Du arrogantes Arschloch, das lasse ich mir von dir nicht bieten.

Er würde sich etwas einfallen lassen müssen.

»Hättest du Lust, die Hälfte des Praktikums in meiner Abteilung zu machen und mir dabei zu helfen, die nächsten Fotoausstellungen zu organisieren?« fragte Nick, als er mit Christina in seiner Küche saß und frühstückte. Eigentlich hatte er an diesem Morgen mit ihr schlafen wollen, aber sie hatte in der Nacht ihre Periode bekommen.

»Ausstellungen organisieren?« Ihre Stimme lag vier Ganztonschritte über normal, die Mundwinkel zeigten 45 Grad nach unten.

»Schau mich bitte nicht so an«, sagte er.

»Wie schaue ich denn?«

»Als hätte ich deinen Hamster ermordet.«

Ihr Kopf sank nach unten, sie blickte auf das angebissene Croissant auf ihrem Teller. Sofort bekam Nick ein schlechtes Gewissen. Warum war er so schroff zu ihr gewesen, sie konnte doch gar nichts dafür. Schuld war nur dieser überhebliche Chefredakteur. Nick griff nach ihrer Hand.

»Christina, es gibt da ein paar Schwierigkeiten mit deinem Praktikum. Bei dem Magazin haben sie auf stur geschaltet und sagen, sie nehmen prinzipiell nur Journalistenschüler. Wenn wir das Praktikum teilen und du offiziell bei mir bist und bei denen nur für ein paar Wochen, dann bekommen wir das aber schon hin.«

»Und was soll ich in deiner Abteilung tun? Sekretärin spielen oder Bilder aufhängen?«

»Das sehen wir dann. Das Wichtigste ist doch, daß es mit dem Praktikum überhaupt klappt.«

»Du hast immer gesagt, das wäre kein Problem. Wieso ist es dann jetzt eins?«

Sie wollte ihre Hand wegziehen, aber Nick hielt sie fest. Was sollte er ihr sagen? Daß der Chefredakteur ihn nicht leiden konnte? Daß ihre Arbeitsproben nicht gut genug waren? Daß er nicht soviel Einfluß besaß, wie er ihr gegenüber behauptet hatte? Drei Antworten, bei denen er schlecht aussah.

Er stand auf, ging, immer noch ihre Hand haltend, um den Küchentisch herum und hob Christina hoch.

»Laß uns was Schöneres machen«, sagte er und küßte sie.

Das Bettzeug hatte er ohnehin waschen wollen.

Nicks Chance kam nach einem Meeting mit dem für seinen Bereich zuständigen Vorstand und den Verlagsleitern aus Polen, Ungarn und Tschechien, an das sich ein Mittagessen in einem nahegelegenen französischen Restaurant anschloß. Beim Espresso, als die Gesamtrunde in verschiedene Einzelgespräche zerfallen war, erzählte Nick dem Vorstand, daß er eine

Praktikantin einstellen werde. Sie solle für ihn den vielen Kleinkram erledigen, der bei der Planung der Ausstellungen anfalle und den er auch nicht seiner Sekretärin zumuten wolle.

»Delegieren ist immer gut«, sagte der Vorstand, der Nick die Ausstellungsplanung damals zugeteilt hatte, »ich korrigiere: fast immer.«

»Ich dachte, sie könnte das mit einem journalistischen Praktikum verbinden, wo sie schon mal bei uns ist. Aber da bin ich plötzlich auf ganz formale Einwände gestoßen. Das ist, jedenfalls nach meiner bisherigen Erfahrung, doch gar nicht der Stil unseres Hauses.«

»Was waren das für Bedenken?«

»Daß man ausschließlich unsere Journalistenschüler beschäftige.«

Der Vorstand lachte kurz. Dann sah er Nick fragend an.

»Ich nehme an, die Dame liegt Ihnen sehr am Herzen?«

»So könnte man das nennen.«

»Ich weiß nicht, ob es unter diesen Umständen eine gute Idee ist, wenn sie das Praktikum bei Ihnen macht. Aber das ist Ihre Sache. Machen Sie sich um den Rest mal keine Sorgen, ich regele das schon.«

Bereits am nächsten Tag schickte die Personalabteilung die Termine für Christina. In vier Wochen würde sie ihr Praktikum beim Deutschland-Ressort beginnen, sechs Wochen später dann zu ihm kommen. Sie könnten morgens gemeinsam zur Arbeit fahren und abends wieder zusammen zurück, wie ein richtiges Paar. Alle im Verlag sollten sie ruhig sehen.

Bis dahin würde Christina endlich ihren Freund verlassen haben. Sie hatte gesagt, sie halte es nicht viel länger mit ihm aus. Auf dem Weg nach Hause besorgte Nick noch schnell eine Flasche Taittinger und verschiedene Tapas. Christina hatte sich für den Abend angekündigt, er würde sie mit der guten Nachricht überraschen, und gemeinsam würden sie den Triumph feiern. Nick verteilte die Tapas auf verschiedene Teller, er hatte eine Natalie-Cole-CD aufgelegt und sang mit ihr mit: »Love, when you touch, I shiver, it's just bodylanguage, can you blame me« und »that's what love gotta do, 'till you tell me all about it.«

Da klingelte das Telefon. Nick dekorierte gerade die auf Zahnstocher gespießten Datteln im Speckmantel zu einem Stern. Er überlegte, ob er das Gespräch dem Anrufbeantworter überlassen sollte, nahm aber doch ab. Christina war dran.

»Ich kann nicht kommen. Sie haben ihm heute gekündigt.«

»Das war doch absehbar und ist jetzt auch nicht mehr zu ändern. Damit muß er alleine fertig werden.«

»Nick, es geht nicht. Ich muß zu ihm. Das mußt du doch verstehen.«

»Ich habe auch etwas Wichtiges mit dir zu besprechen. Wir sind verabredet, ich habe extra für uns eingekauft, also komm bitte her.«

Es war sinnlos. Sie war schon auf dem Weg nach Hause. Den nächsten Abend würde sie mit ihm verbringen, ganz sicher. Ich muß zu ihm – dieser Satz nahm Nicks Kopf ein wie eine Besatzungsmacht. Zu ihm. Zu ihm. Ich muß zu ihm. Warum nicht zu mir? hätte Nick am liebsten gebrüllt, verdammt, wieso war er nicht so wichtig? Hatte er sich nicht den Arsch für sie aufgerissen? Hier bei ihm fing ihre Zukunft an, warum wollte sie das nicht begreifen? Sie mußte endlich Schluß machen mit dem Kerl.

Im Kühlschrank stand noch eine angebrochene Flasche Weißwein. Nick goß sich ein Glas ein, stellte die Tapas auf den Couchtisch und begann zu essen. Dann wählte er Christinas Handynummer. Nur die Mailbox.

»Ruf mich bitte sofort an, wenn du das hörst«, sagte er.

Er goß sich den Rest Weißwein ein, zog dann Klarsichtfolie über die Tapas-Reste und stapelte die Teller im Kühlschrank auf. Beim Zähneputzen starrte er sich im Spiegel an. Er fand, daß er erschöpft aussah. Wut machte ihn immer müde.

Als Nick am nächsten Morgen sein Handy einschaltete, vibrierte es gleich und zeigte das Brief-Symbol im Display. Eine Sms von Christina: »Ich liebe dich.« Dann zeig mir das auch, dachte Nick. Was sollte er ihr antworten? Daß er sie auch liebte? Oder sie besser mit kühler Zurückhaltung bestrafen, damit sie lernte, daß sie nicht so mit ihm umspringen konnte? Am besten beides. Mit dem Daumen tippte er: »Ich liebe dich auch. Erwarte dich um 20 Uhr. Nick.« Er ließ das Frühstück ausfallen, weil er die traurigen Tapas-Reste im Kühlschrank nicht sehen wollte.

Sie trug wieder ihre schwarze Lederhose, die Nick so sexy fand. Sie küßte ihn sofort und lange, als sei sie von einer Weltreise zurückgekehrt.

»Es war so furchtbar. Ihm ging es schlecht, und ich dachte die ganze Zeit, daß ich viel lieber bei dir wäre. Ich habe mich so mies gefühlt«, sagte Christina. Es klang, als sei sie den Tränen nahe.

Nick streichelte ihre Haare und gab ihr einen sanften Kuß auf die Stirn.

»Und dann war ich auch noch so gemein«, sagte er.

»Ja.«

Er nahm ihren Kopf in seine Hände und lächelte sie an.

»Aber das ist jetzt vorbei.«

Dann erzählte er ihr von dem Praktikum, und sie umarmte ihn stürmisch. Aber war da ein leichter Schatten in ihrem Gesicht, als er sagte, sie würde die zweite Hälfte tatsächlich in seiner Abteilung verbringen? Er goß den Zweifel mit Champagner hinunter. Christina zog ihn in sein Schlafzimmer, die Flasche in der Hand.

»Laß uns feiern«, sagte sie.

So hatte Nick es sich vorgestellt.

In den folgenden Wochen drängte Nick immer massiver, daß Christina endlich mit ihrem Freund Schluß machen sollte. Er wollte, daß sie bei ihm einzog, bevor ihr Praktikum begann, daß es einen klaren Schnitt gab. Vor allem die Wochenenden ohne sie wurden ihm immer unerträglicher; er hatte Zeit, und sie war nicht da. Und wenn sie Zeit hatte, nämlich während der Woche tagsüber, mußte er arbeiten. Die Argumente, die Christina anführte – ihr Freund sei noch nicht stabil genug, sie brauche selbst noch ein wenig Zeit, ihnen laufe doch nichts weg –, konnte Nick immer weniger akzeptieren. Er hatte das Gefühl, in der zweiten Reihe zu sitzen, und ihm stand die erste Reihe zu. Sie liebten sich doch, wo war das Problem? Sie stritten sich jedesmal, wenn sie sich trafen, auch wenn er sich immer wieder vornahm, das Thema nicht anzusprechen.

Und dann begann ihr Widerstand zu bröckeln, vielleicht, weil sie spürte, daß Nick irgendwann, und zwar zu einem schnell näherrückenden Zeitpunkt, von ihr eine Entscheidung verlangen würde. Eines Abends schließlich zog Christina ein handbeschriebenes Blatt Papier aus ihrer Tasche. Ein Abschiedsbrief an ihren Freund.

»Warum schreibst du ihm und sprichst nicht direkt mit ihm?« fragte Nick.

»Weil er mir nie zuhört. Ich will erst mit ihm reden, wenn er das gelesen hat.«

»Soll ich das jetzt lesen?«

Sie nickte und kuschelte sich in seinen Arm, als suche sie Schutz bei ihm.

Nick überflog den Brief erst, las ihn dann noch einmal. Sie habe einen anderen Mann kennengelernt, den sie liebe. Aber das sei nicht alles, sie hätten sich auch in den vergangenen Jahren auseinanderentwickelt. Sie habe ein schlechtes Gewissen, weil sie sich ausgerechnet jetzt, wo er seine Arbeit verloren habe, von ihm trenne.

Was für eine surreale Situation, dachte Nick, ich lese den Brief, den sie für ihn geschrieben hat; ich weiß schon alles, er weiß nichts. Fast tat er ihm leid, er spürte den Impuls, dem anderen auf die Schulter zu klopfen, Kopf hoch, du mußt einsehen, es ist besser so. Nick zog Christina fest an sich.

»Jetzt gehörst du ganz mir«, sagte er und biß sanft in ihren Hals.

»Das tue ich schon lange«, erwiderte sie.

»Was hältst du davon, wenn wir morgen ins Stilwerk fahren und nach einem großen Kleiderschrank schauen?«

»Das Stilwerk ist doch so teuer.«

»Christina, ich bin weder Student noch arbeitslos.«

Ein paar Tage später hinterließ Christina eine Nachricht auf Nicks Anrufbeantworter. Sie habe ihrem Freund den Brief hingelegt und dann sehr lange mit ihm gesprochen, und sie glaube, er habe alles verstanden. Sie hätten sich darauf geeinigt, daß sie in der kommenden Woche in Ruhe ausziehen würde, so daß sie zum Praktikumsanfang am übernächsten Montag bei Nick eingezogen sein würde.

Endlich, dachte Nick, endlich. Er legte die Hände vors Gesicht und atmete tief durch. Christina. Mein Gott, wie schön.

Am Dienstag rief die Personalabteilung bei Nick an. Christina habe den Personalbogen immer noch nicht zurückgeschickt und das Paßfoto fehle auch, und nun werde es langsam brenzlig, sonst werde der Hausausweis nicht mehr rechtzeitig fertig.

»Ich kümmere mich drum«, sagte Nick und hinterließ eine Nachricht auf Christinas Mailbox, sie solle sich dringend melden.

Doch es kam keine Nachricht und auch kein Anruf. Und immer, wenn er ihr Handy anrief, meldete sich ihre fröhliche Stimme: »Hallo ihr Lieben, hier ist Christina! Ich bin leider nicht da, aber ich rufe gerne zurück! Ich wünsche euch einen tollen Tag!«

Als sie sich am nächsten Vormittag immer noch nicht gemeldet hatte, entschloß Nick sich, in der Wohnung ihres Freundes anzurufen. Der würde zwar nicht begeistert sein, klar, aber das war eindeutig ein Notfall.

»Christina ist nicht da, sie ist zu Ikea gefahren«, sagte der Freund. Er klang ganz entspannt.

»Zu Ikea?«

»Ja, sie hat die Uni heute sausen lassen, weil wir die Küche umbauen.«

Das konnte nicht sein. Man renovierte nicht mit seinem Freund die Küche, wenn man zwei Tage später ausziehen wollte. Irgendetwas war hier völlig falsch.

»Hat Christina dir nichts gesagt?« fragte Nick.

»Was soll sie mir gesagt haben? Wer bist du überhaupt?«

»Ich bin Nick. Christinas neuer Freund. Sie hat dir doch von mir erzählt.«

»Sag mal, spinnst du, oder was?«

Christina hatte nichts erzählt, gar nichts. Sie hatte ihm keinen Abschiedsbrief gegeben, nicht erklärt, daß sie ausziehen werde, und noch nicht einmal Nicks Namen erwähnt. Nick hatte nicht den Eindruck, daß er log. Daß Christina ein Praktikum in seinem Verlag machen würde, das bestätigte ihr

Freund. Doch er schien große Zweifel zu haben, ob überhaupt stimmte, was Nick ihm da erzählte.

»Ich kann dir ihre Sms weiterleiten, wenn du willst«, sagte Nick.

»Nein, will ich nicht, laß mal.«

Der will es nicht glauben, dachte Nick. Sie brachen das Gespräch ab.

Er war paralysiert vor Wut. Gedemütigt, verraten hatte sie ihn. Ausgenutzt. Ja, ausgenutzt. Christina war es nur um dieses Scheiß-Praktikum gegangen, das war alles, und dafür war ihr jedes Mittel recht gewesen. Aber nicht mit ihm, nein, nicht mit ihm. Er rief auf ihrem Handy an, »Hallo ihr Lieben«, er hätte kotzen können über diese Verlogenheit, und genau das hinterließ er auf ihrer Mailbox, und daß er Volltrottel sie geliebt und ihr vertraut habe, daß sie die beiden Praktika vergessen könne, er werde sie persönlich und mit großer Freude auf der Stelle canceln.

Mühsam versuchte Nick, seine Gedanken zu ordnen, er mußte in einer Stunde zu einem verdammten Meeting und sich eigentlich auch noch darauf vorbereiten. Er massierte mit der rechten Hand seinen linken Daumenballen – er hatte mal gelesen, daß das helfen sollte – und überlegte.

Schließlich rief er das Sekretariat des Chefredakteurs an und erklärte, Christina müsse das Praktikum leider absagen, da sie durch eine Uniprüfung gefallen sei und diese schnell wiederholen müsse, damit sie nicht ein Semester verliere.

»Das arme Kind«, sagte die Sekretärin, »und das auch noch nach diesem ganzen Hin und Her.«

»Ja, schade«, sagte Nick.

»Ich werde das weiterleiten. Er wird es mit Fassung tragen.«

Nein, er wird sich totlachen, dachte Nick. Er hoffte nur, daß der Vorstand nichts von dem Desaster erfuhr. Der würde sich denken können, was passiert war. In den nächsten Wochen würde er es vermeiden, mittags in die Kantine zu gehen oder abends in den Mediaclub. Er hatte wenig Lust, dem Chefredakteur oder dem Vorstand zu begegnen.

Zu Hause warf Nick den Mantel auf die Kommode im Flur, statt ihn auf einem Bügel in den Schrank zu hängen. Dann ging er ins Schlafzimmer und riß die Bettwäsche herunter. Allein der Gedanke war ihm zuwider, auf dem Laken zu schlafen, auf dem vor ein paar Nächten ihr Saft vermischt mit seinem Sperma eingesickert war. Er stellte das 90-Grad-Waschprogramm ein. Er staubsaugte die Wohnung, damit er keines ihrer langen Haare mehr finden würde. Dann ging er mit einer Plastiktüte durch die Zimmer, um einzusammeln, was nur irgendwie an Christina erinnerte. Ein T-Shirt von ihr. Den kleinen Stofftiger, den sie ihm geschenkt hatte. Den Roman »Middlesex«, den sie angefangen hatte. Die Möbelprospekte, die er für sie besorgt hatte. Er überlegte, ob er ihr die Sachen per Post schicken sollte, kommentarlos selbstverständlich. Aber warum für diese Schlampe noch Geld ausgeben? Auf den Dachboden damit. Als er die Wäsche aufgehängt und das Bett frisch bezogen hatte, mixte Nick sich einen Wodka-Lemon. Er trank sonst nie harten Alkohol, wenn er allein war. Das Spiel ist aus, und ich habe verloren, dachte er. Ich habe mich zum Idioten gemacht. Am liebsten hätte er geheult, aber es gelang ihm nicht.

Christina meldete sich nicht. Den wenigen Freunden, die sich bei ihm nach ihr erkundigten, sagte er, daß sie ihn hintergangen habe und daß es für immer aus sei und er so einer Frau nicht mehr trauen und sie deshalb auch nicht lieben könne. Nick hatte dabei das Gefühl, den Text eines anderen aufzusagen, den er auswendig gelernt hatte.

Langsam fand er in seine Alltagsroutine zurück, aber er war deprimiert und lustlos. Er ging zu keiner der Samstagnachmittag-Grillpartys, zu denen er eingeladen wurde, aus Angst, dort auf genau den Typ von Idealfamilie zu treffen, den er selbst hatte gründen wollen – Papa, Mama, ein Mädchen und ein Junge im Abstand von zwei Jahren. Nur, daß seine Frau soviel schöner und jünger gewesen wäre, so daß die anderen Männer ihn beneidet hätten.

Insgeheim hoffte Nick, daß Christina ihn anrufen und ihm alles erklären würde. Ihn um Entschuldigung anflehen. Wenn er nun mit Freunden über Christina sprach, hungerte er nach deren Versicherung, daß sie ihn bestimmt noch liebe. Er wollte sie wieder in den Armen halten, sie küssen, ihre sanfte Haut streicheln, ihre festen, großen Brüste in die Hände schließen, mit ihr schlafen. Liebte sie ihn nicht auch, und war sie nicht einfach überfordert gewesen mit seinen Wünschen? Seinem Drängen? Sie war nicht so lebenserfahren wie er, nicht so reif, hätte er da nicht etwas sensibler und verständnisvoller sein müssen? Oder hatte ihr Freund ihn doch reingelegt, und sie hatte sich nur zurückgezogen, weil er sie auf ihrer Mailbox als Nutte beschimpft hatte?

Als eines Nachmittags ein Meeting abgesagt wurde, das für mehrere Stunden angesetzt war, nahm Nick sich spontan den halben Tag frei, um in die andere Stadt zu fahren. Er würde bei ihr klingeln und in aller Ruhe mit ihr reden. Vielleicht konnte sie alles aufklären.

Er raste über die Autobahn, ließ sich vom Navigationssystem durch die Stadt leiten und bog fünfzig Minuten, nachdem er losgefahren war, in ihre Straße ein. Nicht schlecht, dachte Nick. Das Cabriolet parkte er ein Stück von ihrem Haus entfernt, einem grau verputzten, austauschbaren Wohnblock, sechziger Jahre vermutlich. Auf dem Klingelschild fand er ihren Namen neben einem fremden. Er klingelte. Nichts. Er klingelte noch einmal, länger. Und wieder länger. Vielleicht hatte sie Verdacht geschöpft und verschanzte sich in der Wohnung. Oder sie war wirklich nicht zu Hause.

Er schlenderte zum Wagen zurück und setzte sich hinein. Er schaltete den CD-Player an und wartete ab.

Die CD lief noch, als Christina aus der Haustür trat. Sie trug wieder ihre schwarze Lederhose, und Nick fragte sich, ob das Absicht war. Ob sie also doch wußte, daß er bei ihr geklingelt hatte, ob sie ihn vor dem Haus gesehen und ob sie sich daraufhin für ihn umgezogen hatte. Sie kam auf sein Auto zu, und er glaubte schon, daß sie nun die Beifahrertür aufmachen und ihm um den Hals fallen würde, doch sie ging einfach vorbei. Als habe sie ihn nicht gesehen. Aber Nick war sicher, daß sie den silbernen Audi TT erkannt hatte. Er sprang aus dem Auto.

»Christina!«

Sie drehte sich um, sah ihn an und ging sofort weiter. Nick rannte ihr nach, faßte sie am Arm.

»Christina, warte, ich muß mit dir reden.«

»Laß mich in Ruhe«, sagte sie und versuchte, sich loszureißen. Er verstellte ihr den Weg.

»Bitte, Christina. Laß uns einen Kaffee trinken, und ich verspreche dir, du hörst nie wieder von mir, wenn du nicht willst.«

Er konnte in ihrem Gesicht lesen, wie verletzt und aufgewühlt sie war.

»Bitte.«

Es gebe ein Café in der Nähe, sagte Christina. Auf dem Weg dorthin schwiegen sie, und erst, als die hohen Latte-Macchiato-Gläser vor ihnen standen, fragte Nick: »Warum hast du mich angelogen?«

Es war, als hätte er einen Wasserballon aus dem fünften Stock geworfen, der nun auf dem Gehweg zerplatzte: Weil er ihr keine andere Wahl gelassen habe, sagte Christina, denn er hatte in dem Moment gedrängt, als es ihrem Freund am schlechtesten ging, er war ihr erster richtiger Freund, seit neun Jahren waren sie zusammen, hatte er das vergessen, da sei ihr alles zu schnell gegangen, er habe immer nur sich gesehen und nicht sie. Und wie Nick sie auf ihrer Mailbox beschimpft habe, das könne sie ihm niemals verzeihen.

Es war alles sein Fehler, dachte Nick, er hätte Christina nie unter Druck setzen dürfen. Sie hätten doch alle Zeit der Welt gehabt. In welchem Wahn hatte er gelebt?

»Bitte verzeih mir, Christina«, sagte Nick, »ich liebe dich so sehr. Aber kannst du mich nicht auch verstehen?«

Nick griff nach ihrer Hand, und dieses Mal versuchte Christina nicht, sich zu befreien.

»Liebst du mich noch?« fragte Nick leise.

»Ich weiß nicht«, antwortete sie.

Für Nick klang es wie ein Ja.

Noch am selben Abend fuhren sie zu Nick. Gemeinsam holten sie die Plastiktüte mit ihren Sachen vom Dachboden. Christina nahm den Stofftiger und hielt ihn Nick hin.

»Du mußt dich bei ihm entschuldigen«, sagte sie.

»Lieber Tiger, ich bitte vielmals um Entschuldigung für das schreckliche Leid, das ich dir zugefügt habe, für all diese dunklen Wochen in der stickigen Tüte.«

»Angenommen«, sagte Christina mit Babystimme.

Der Sex mit ihr, fand Nick, war schöner als jemals zuvor. Christina schien sich völlig für ihn aufzugeben, und er hatte das Gefühl, ganz in sie hineinzukriechen. Christina gehörte zu ihm, das wußte er, das wußte sie, die inneren Fakten stimmten, da würden die äußeren bald folgen. Er würde ruhig sein, geduldig, bis sie den anderen aus eigenem Antrieb verließ. Es war alles eine Frage der Zeit.

Sie waren sich durch die Distanz erst wirklich nahegekommen, fand Nick, sie gingen ehrlicher miteinander um. Nachdem so viel hinter ihnen lag, konnten sie sich nun dem zuwenden, was kommen würde. Sie gingen die Möbelprospekte durch, sie fuhren ins Stilwerk, sie bestellten einen großen Kleiderschrank mit Milchglastüren, die fast schwerelos auf Schienen glitten, wenn man sie nur leicht anschubste.

Ab und zu trafen sie sich zur Happy-hour in einer Bar. Auf dem Weg dahin sah Nick, daß Ausverkauf im Gucci-Laden war. Er fing Christina vor der Bar ab und schleppte sie zu dem Geschäft. Sie dürfe sich etwas aussuchen. Das sei doch viel zu teuer, sagte sie abwehrend, doch Nick und die Verkäuferin ließen sich nicht abhalten, immer neue schwarze Hosen, Blusen herauszusuchen. Schließlich drängte er Christina, ein tief ausgeschnittenes schwarzes Seidenkleid einfach mal anzuprobieren. Als sie aus der Kabine trat, zog sie ein Gesicht wie ein trotziges Kind, die Socken hatte sie angelassen. Sie sah trotzdem phantastisch aus.

»Das macht mich dick«, sagte sie, drehte sich um und verschwand wieder hinter dem Vorhang.

»Das ist Größe 36«, sagte die Verkäuferin zu Nick, der ratlos die Schultern zuckte.

Christina ließ ihn nichts für sie kaufen, und als sie das Geschäft verlassen hatten, sagte sie, seit Tom Ford nicht mehr bei Gucci sei, könne man die Marke doch nicht mehr tragen. Für eine Sekunde fragte Nick sich, ob sie abgelehnt hatte, weil sie ihrem Freund nicht hätte erklären können, wieso sie plötzlich dieses Kleid besaß. Nein, beruhigte er sich schnell, sie hätte es doch einfach bei mir lassen können. Am nächsten Tag ging Nick allein in den Gucci-Laden und kaufte das Kleid. »Darüber wird Ihre Freundin sich freuen«, sagte die Verkäuferin, »da bin ich sicher.«

Christina übernachtete oft bei Nick. Wenn sie sich nicht sehen konnten, schrieb sie ihm Sms oder E-Mails. In diesen Wochen mußte Nick mehrere Male nach Osteuropa fliegen, und wenn er im Hotel sein Notebook einstöpselte und seine Mails abfragte, fand er fast immer eine lange Nachricht von ihr in seinem Postfach.

»Das Seminar war soooo langweilig«, schrieb sie, »deshalb habe ich nur an dich gedacht.«

Über das Praktikum redeten sie nie wieder. Nick hatte sich vorgenommen, sich erst für sie einzusetzen, wenn sie zusammenwohnten. Auch Christina fragte nie mehr danach.

Zu seiner nächsten Ausstellungseröffnung im Verlag – Kriegsfotos aus dem Irak – nahm er Christina mit. Sie trug, er hatte sie nicht lange dazu drängen müssen, das Gucci-Kleid. Nick stellte sie als seine Freundin vor und war gleichzeitig damit beschäftigt, Christina an Vorstand und Chefredakteur vorbei durch den Raum zu lotsen. Nick hatte es nie übers Herz gebracht, ihr zu erzählen, daß er eine nicht bestandene Uniprüfung als Grund für die plötzliche Absage genannt hatte.

Schließlich mußte Nick sich für einen Moment entschuldigen, um zur Toilette zu gehen. Auf dem Weg dorthin lief er dem Vorstand in die Arme, der ihm zu der »hervorragenden Ausstellung« gratulierte.

»Tolle Bilder. Wir zeigen den Leuten, was im Irak wirklich los ist«, sagte der Vorstand, »auch wenn viele das nicht sehen wollen. Es ist das richtige Thema zur richtigen Zeit.«

Nick war sich sicher, daß er in dem Redetext ziemlich genau diese Formulierungen verwendet hatte. Mühsam zwang er sich ein bestätigendes Lächeln und ein paar banale Sätze über die »großartigen Fotografen« ab und deren Mut, im Krieg in vorderster Reihe zu stehen, zeigte dann aber schnell in Richtung Toilette.

»Oh, da will ich Sie nicht länger aufhalten«, sagte der Vorstand und drehte sich zur Seite, wo schon ein Verlagsleiter auf die Gunst der Aufmerksamkeit des großen Chefs lauerte.

»Glückwunsch zu der eindrucksvollen Rede«, hörte Nick ihn zum Vorstand sagen, während er sich hinter den beiden vorbeizwängte.

Als er zurückkehrte, sah er schon von weitem, am Ende des Foyers, wie Christina sich mit dem Chefredakteur des Wochenmagazins unterhielt. Sie lächelte ihn von unten an, bewundernd, fand Nick mit aufsteigendem Ärger, während der Wichtigtuer selbstgefällig gestikulierte. Nick bahnte sich eilig einen Weg durch die Vernissagengäste, grüßte zurück, wenn man ihn grüßte, wurde aufgehalten, sagte möglichst schnell »bis später« oder »ich komme gleich noch mal vorbei«.

Als er sich endlich durchgeboxt hatte, stand der Chefredakteur am Nebentisch und unterhielt sich mit einem der Fotografen, dessen Bilder in der Ausstellung zu sehen waren.

»Was wollte er von dir?« fragte Nick.

»Nicht so laut«, sagte Christina und zog Nick weg. »Er wollte gar nichts. Er hat sich entschuldigt, weil er mir aus Versehen sein Mineralwasser auf das Kleid geschüttet hat.«

Tatsächlich sah Nick einen dunklen Wasserfleck auf dem Stoff.

»Komm, wir schleichen uns hier raus, und ich lade dich zum Essen beim Syrer ein«, sagte Nick.

»Kannst du denn schon weg?« fragte Christina.

»Nein, aber das ist mir egal.«

Sie hatten sich zu einem Kinofilm über einen amerikanischen Journalisten verabredet, der seine Stories erfunden hatte. Nick hatte ihr den Film vorgeschlagen, als Lernstoff und warnendes Beispiel sozusagen. Eine Stunde vorher rief Christina ihn auf dem Handy an und sagte ab. Sie sei mit ihrem Referat noch nicht fertig, das sie am nächsten Tag halten müsse.

Nick war enttäuscht und verärgert, denn er hatte schnell in seiner Mittagspause die Karten beim Kino abgeholt, damit sie nicht eine halbe Stunde vor Beginn da sein mußten. Er dachte an die vergangenen Wochen zurück, und in diesem Moment fiel ihm auf, daß Christina immer seltener bei ihm übernachtete. Sie hatte jedesmal einen guten Grund genannt, weshalb sie sich nicht treffen konnten – eine Geburtstagsfeier, anstehende Klausuren, Besuch der Eltern. Er hatte nur kleine bunte Steine gesehen, nie das ganze Mosaik. Doch plötzlich wurde ihm klar, daß etwas nicht mehr stimmte. Und er begann eine Rechnung aufzustellen, ging seinen Terminkalender durch und addierte ihre Treffen Woche für Woche zusammen. Ja, es war eindeutig, Christina hatte immer weniger Zeit für ihn. Ein paar Mal, als er mit ihr schlafen wollte, hatte sie abgelehnt, was sie früher nie getan hatte.

Nick hatte das Gefühl, Raum und Zeit zu verlassen, sein Herz raste: Christina war dabei, sich von ihm zurückzuziehen. Sofort wollte er sie anrufen, sich von ihr beruhigen lassen, ihre Beteuerung hören, daß alles in Ordnung war, er hatte schon sein schnurloses Telefon in der Hand, doch dann zwang er sich, erst einmal nachzudenken.

Er ging in die Küche und schaltete den Wasserkocher ein. Während das Gerät vor sich hin summte, lehnte Nick am Kühlschrank und grübelte. Was war wirklich los? Es gab im Grunde nur eine Möglichkeit: Sie wollte sich nicht von ihrem Freund trennen, sondern von ihm. Immer noch hielt er den Telefonhörer in der Hand, drückte die Wahlwiederholung, legte wieder auf, stellte das Gerät in die Ladestation, trank einen Beruhigungstee, nahm das Telefon wieder in die Hand, setzte sich auf sein Bett und drückte erneut die Wahlwiederholung.

Sie ging gleich ran.

»Was ist eigentlich los, Christina?«

»Was soll denn sein? Ich muß bis morgen das Referat schreiben, das habe ich dir doch gesagt.«

»Wir haben uns in der letzten Zeit kaum noch gesehen, und früher hast du auch für die Uni gearbeitet, da war das alles kein Problem. Sag mir bitte, was wirklich los ist. Mit uns. Willst du mich loswerden?«

Sie schwieg.

»Christina? Bist du noch dran?«

»Ja, ich bin noch da.« Pause. »Also gut, ich wollte dir das nicht am Telefon sagen, aber jetzt ist es eben so: Es geht nicht mehr. Ich möchte, daß wir uns nicht mehr sehen.«

Nick ließ den Arm sinken, nahm entfernt wahr, daß Christina noch weitersprach, konnte ihre Worte aber nicht mehr identifizieren. Er wollte nicht wissen, was er falsch gemacht hatte, er wollte sie nicht sagen hören, daß sie ihn nicht mehr liebe. Er wollte sich nicht vorstellen müssen, daß sie mit ihrem Freund, entlastet vom Druck des Doppellebens, wieder eine aufgefrischte, glückliche Beziehung führte, während sein Traum von der Familie vernichtet war. Er drückte auf die Taste mit dem Symbol des roten Hörers. Piep. Dann war es ganz still.

Er mußte ziemlich lange regungslos auf dem Bett gesessen haben, den Rücken gegen das weiße, gepolsterte Kopfteil gelehnt, das Telefon in der Hand, er hatte Tausende von Gedanken und konnte keinen fassen. Er fühlte sich nur unendlich leer und tief erschöpft. Er ging in die Küche, um noch einen Tee aufzugießen, den er dann doch nicht trank. Er saß in der Küche und starrte auf den Fußboden. Schließlich ging er ins Bett und versuchte zu schlafen. Er wälzte sich auf die Seite, drehte sich auf den Rücken, er spürte, wie sein Herz raste, hatte das Gefühl, alle Schwere der Welt liege auf ihm, und gleichzeitig, daß er explodieren müsse. Erst nachdem er sich drei Gläser Whiskey eingegossen und wie Wasser heruntergestürzt hatte, konnte er einschlafen.

Am nächsten Tag hatte Nick das Gefühl, allmählich zu sich zurückzufinden. Der Schrecken wurde aber nicht durch

Trauer ersetzt, sondern durch Wut. Nick saß im Büro am Schreibtisch, hatte entgegen seiner Angewohnheit die Tür geschlossen und versuchte, eine Marktanalyse über die Slowakei zu lesen. Aber die Wörter und Zahlen rauschten an ihm vorbei, er sah Christina vor sich, wie sie ihn anstrahlte, und daß sie ihn dabei von Anfang bis Ende belogen hatte. Wie dumm er gewesen war. Er wollte Rache.

Nick rief das E-Mail-Programm auf. Er klickte alle 27 Nachrichten von Christina an, die er gespeichert hatte, gab den Befehl »print« ein und ging schnell in den Druckerraum, damit seine Sekretärin ihm nicht zufällig zuvorkam und die Seiten herausnahm. Er konnte nicht anders, als die Mails noch mal zu überfliegen, und mit jedem »Ich liebe dich« wuchs sein Haß. Dann steckte er den Stapel in eine Klarsichthülle. Nicht mit mir, Christina, dachte er.

Sollte er anrufen, um sich zu vergewissern, daß die beiden zu Hause waren, und dann gleich wieder auflegen? Nein, lieber ging er das Risiko ein, stundenlang im Auto zu warten, als daß Christina etwas ahnte und ihn austricksen konnte.

Dieses Mal parkte er den Audi in einer Seitenstraße. Als er auf den Hauseingang zuging, sah er, daß die Tür sich öffnete und ein älterer Mann herauskam. Nick sprintete los und erwischte die Haustür gerade noch, bevor sie ins Schloß fiel.

Ein sauberes Treppenhaus, ausgelegt mit einem hellen, billigen Stein. Ein Messinggeländer mit schwarzem Handlauf. Wie kleinbürgerlich, dachte Nick. Dann stieg er die Treppen hoch zum dritten Stock. Sie wohnten vorne links, das hatte

Christina ihm mal erzählt. Die Namen waren in ein geschwungenes Messingschild graviert. Auf dem Boden lag eine dicke hellgrüne Sisalfußmatte.

Er lauschte. Lief ein Fernseher? Oder kamen die Stimmen aus einer anderen Wohnung?

Noch könnte er umkehren. Christina würde nie erfahren, wie dreckig es ihm ging. Er würde ihr den Triumph nehmen. Oder aber stellte sie sich vor, wie er elend und zerstört zu Hause sitzen und ihr nachheulen würde, und genoß das, machte sich gemeinsam mit ihrem Freund sogar über ihn lustig?

Die Wut erfaßte Nick wie eine brechende Fünf-Meter-Welle und riß ihn mit sich. Er drückte zweimal heftig auf die Klingel. Erst passierte nichts, und er wollte gerade wieder klingeln, da hörte er, wie Schritte näherkamen. Sein Herz raste. Die Tür ging auf, und ein junger Mann stand vor ihm, der aussah, als habe er sich eilig Jeans und T-Shirt übergezogen.

»Ich bin Nick.«

»Nick?«

»Ja, wir haben vor ein paar Wochen miteinander telefoniert, ich bin Christinas Freund.«

»Ach, Sie waren das. Christina? Komm mal, hier ist dieser Typ, der dich verfolgt.« Er kreuzte die Arme vor der Brust und lehnte sich in den Türrahmen.

»Ich verfolge sie? Das ist eine Scheißlüge. Sie ist seit Monaten mit mir zusammen. Wir haben jede Woche dreimal miteinander geschlafen, mindestens, und ich kann das auch beweisen, wenn du willst.«

Er war laut geworden, dachte Nick, er war dabei, die Fassung zu verlieren. Er steckte die Hände in die Taschen und ballte sie zu Fäusten, um Energie abzulassen und sich wieder unter Kontrolle zu bringen.

Christina kam aus einem Zimmer, in einer schlabbrigen, leuchtend orangen Sporthose und einer viel zu großen grauen Kapuzenjacke. Nick las den Schriftzug »Duffer«.

»Verschwinde«, sagte sie. Mehr nicht.

»Hast du ihm wirklich erzählt, es sei nichts zwischen uns gewesen?«

»Es war nicht etwas zwischen uns, und es wird auch nie etwas sein. Hast du das immer noch nicht begriffen?«

»Es war nichts zwischen uns? Soll ich deinem Freund mal beschreiben, wie deine Möse aussieht? Ja?«

»Halt's Maul«, sagte ihr Freund und ließ die Arme sinken.

»Sie rasiert sich, und sie mag es gerne von hinten, am liebsten mit einem Finger im Arschloch.«

Der Freund sprang auf Nick los, wollte zuschlagen, doch Nick war schneller, packte die Handgelenke und hielt sie fest, er wunderte sich, wie schwach der andere war, und sagte, nun leiser: »Und wenn sie kommt, dann schreit sie laut und beißt ins Kopfkissen.«

»Laß ihn los, Nick«, schrie Christina, »du bist ja krank!«

Eine Wohnungstür ging auf. Nick ließ den Freund los und schubste ihn zurück in die Wohnung. Dann blickte er Christina an.

»Du bist krank«, wiederholte sie leise.

Für eine Sekunde war Stille, und Nick nahm nur ihr haßerfülltes Gesicht wahr und sein eigenes Keuchen, wie er tief Luft holte, wie sein Körper sich anspannte, wie er den Atem für den Bruchteil einer Sekunde anhielt. Und dann spuckte er Christina ins Gesicht.

Als habe er einen Schlag abbekommen, taumelte Nick zwei Schritte zurück, er hörte Christina brüllen und die tosende Stimme des Freundes, er zog die Klarsichthülle mit den E-Mails aus seiner Jackentasche und schleuderte sie den beiden entgegen, die Blätter fielen heraus, vielleicht schrie er auch selbst noch irgend etwas, Nick wußte es nicht, und er sah, daß plötzlich andere Menschen um ihn herum waren, er rannte die Treppe hinunter, riß die Haustür auf und lief so schnell er konnte, bis er keuchend neben seinem Wagen stehenblieb.

In den folgenden Tagen und Wochen wurde Nick hin- und hergeworfen von Gefühlen des Triumphes und der befriedigten Rache, von Wut, Frustration und Demütigung. Die Genugtuung, die er aus der Rache gezogen hatte, verflüchtigte sich schnell.

Nick traf sich so oft wie möglich mit Freunden, überredete Kollegen, mit ihm die After-Work-Lounge in einem nahegelegenen Café auszuprobieren, er ging ins Kino, sogar ins Theater, aß in neuen Restaurants, verabredete sich in Bars – alles, um keine leere Minute zu haben, in der er sich erinnern mußte. Die Filme langweilten ihn, die Theaterstücke zogen an ihm vorbei, es war ihm gleichgültig, was und wo er aß, Hauptsache, er saß nicht mit seinem Sushi-to-Go zu Hause vor dem Fernseher, und die Verabredungen in den Bars waren nur ein guter Vorwand, um so viele Mojitos zu trinken, daß er den nächsten Samstag oder Sonntag verschlafen würde.

Tatsächlich ließ der Orkan in seinem Kopf allmählich nach. Die Wut verblaßte, der Schmerz über den Verlust wandelte sich von einem hellen Stechen zu einem dunklen Bohren, das sich leichter verdrängen ließ. Die Demütigung, betrogen worden zu sein, interpretierte Nick zu einer Niederlage um, wie jeder sie in seinem Leben mal einstecken mußte. Das half.

Die Scham blieb. Er sah sich selbst, wie er Christina anspie, wie sie mit dem Ärmel seinen Speichel abwischte. Dieses Bild machte ihm das Vergessen unmöglich. Obwohl er diesmal alles, was ihn direkt an Christina erinnerte, vernichtet hatte; ihre Mails waren gelöscht und ihre Nummer aus seinem Handy entfernt. Es war sinnlos. Die Scham darüber, sich so erniedrigt zu haben, ließ sich nicht auslöschen.

Äußerlich war Nick schließlich wieder in sein altes Leben zurückgekehrt. Er drängte seinen Freunden keine Gespräche mehr über Christina auf, behauptete im Gegenteil, das Kapitel sei für ihn abgehakt, und nahm sogar ab und zu eine Frau mit nach Hause, vielleicht, um sich selbst für eine Nacht vorzutäuschen, daß er über Christina hinweg war. In Wahrheit kam er sich vor wie der Hauptdarsteller einer Fernsehserie, die längst abgesetzt war und nur noch als Füller im Nachtprogramm diente.

Als er hörte, daß bei einer Tochterfirma des Verlags eine Stelle in New York frei werden würde, brachte Nick sich ins Gespräch. Der Posten wurde ihm sofort angeboten.

»Ich lasse Sie ungern gehen«, sagte der Vorstand, »aber es ist ein smarter Schachzug, die Erfahrungen in den USA werden Ihnen bei Ihrer Karriere sehr nützlich sein.«

Als er Nick an der Zimmertür verabschiedete, sagte der Vorstand noch: »Ich wette, in zehn Jahren ist das hier Ihr Zimmer.«

An einem seiner letzten Arbeitstage ging Nick mit seinen Kollegen in die Kantine. Er stand in der langen Schlange vor der Grillstation, dachte an die Umzugskisten, die er immer noch nicht gepackt hatte, und sah dabei ziellos in den großen unübersichtlichen Raum, in dem dichtgedrängt die Tische standen, vollbesetzt mit essenden Mitarbeitern des Verlags. Und plötzlich, aus dem Augenwinkel, sah er eine Silhouette kurz vor dem Ausgang, und es schoß ihm in den Kopf, Christina, er sah für den Bruchteil einer Sekunde eine Frau durch die Tür verschwinden, lange glatte hellbraune Haare fielen ihr den Rücken herunter. Ja, das mußte Christina gewesen sein, dachte er. Dann erst erkannte er den Mann, der ihr die Tür aufgehalten hatte: Es war der Deutschland-Ressortleiter des Wochenmagazins.

»Nick, hallo? Ist was?« fragte sein Kollege, der hinter ihm in der Schlange stand.

Nick sah, daß die anderen weiter zur Grillstation vorgerückt waren und vor ihm eine Lücke entstanden war.

»Nein«, sagte er, »ich habe nur geträumt.«

DREISSIG SEKUNDEN AUSSERHALB DER ZEIT

Bettina sitzt auf dem braunen Ledersofa. Auf dem Couchtisch vor ihr liegen die Bücher: »1 000 Fragen«. »Unser Wissen«. Die Chroniken der vergangenen fünf Jahre. Ein zweibändiges Filmlexikon. Und der Brockhaus. Auf ihrem Schoß hält sie aufgeschlagen den »Internationalen Atlas – Die Welt in Karten«, Seite 123, Westafrika. Die Stehlampe wirft diffuses gelbes Licht auf das Papier. Bettina ist konzentriert, und so bemerkt sie es erst nicht, als Klaus hereinkommt. Vielleicht hat der Teppichboden auch seine Schrittgeräusche geschluckt. »Ich bin noch mal für ein paar Stunden weg«, sagt er. »Ja«, antwortet sie. Sie hört, wie er die Wohnungstür ins Schloß zieht, wie er den Motor anläßt und davonfährt. Hat er »lern schön« gesagt? Einen Moment noch blickt sie ins Leere. Dann wendet sie sich wieder der Landkarte zu.

Die Hallen stehen in der flachen Ackerlandschaft, überdimensionale Bauklötze, die eilig aufgestellt wurden und genauso eilig wieder abzubauen sind. Wie Hügelgräber, denkt Bettina, und sofort schießt ihr durch den Kopf: lateinisch tumuli, erschienen in Mittel- und Nordeuropa erstmals in der entwickelten Jungsteinzeit. Sie blickt aus dem Fenster und beobachtet, wie die Hallen näherrücken. Vor dem Haupteingang parken drei Reisebusse, Menschen tröpfeln heraus und verschwinden durch eine große Glastür. Im Vorbeifahren kann sie noch die Bistrotische im Foyer erkennen, auf denen Flaschen und Gläser stehen. Die anderen im Bus unterhalten sich, kichern, einer spricht Schwäbisch, eine Frau lacht zu schrill, ein Strom von Lauten und Worten fließt an ihr vorbei, aber sie will sich nicht mitreißen lassen von der schnattrigen Aufgeregtheit der anderen. Die Sonne scheint heiß durch die Scheiben, unter ihren Achseln weiten sich Schwitzflecke aus. Tanja sagt etwas zu Bettina und sieht sie erwartungsvoll an. Sie weiß nicht, was sie antworten muß, und als endlich ein Lächeln auf ihrem Gesicht klebt, hat Tanja sich schon wieder abgewandt und spricht mit einem Mann von der Sitzreihe gegenüber.

»Wie schminken Sie sich immer?« fragt die Maskenbildnerin. »Eher kräftig oder eher dezent?« Bettina sagt: »Eher dezent« und überlegt noch, ob sie anfügen soll »aber machen Sie es ruhig kräftig«, um die Gelegenheit zu nutzen und ein anderes Bild von sich zu sehen. Doch da antwortet die Maskenbildnerin schon, »gut, das hatte ich vermutet«. Bettina blickt in den Spiegel, sieht, wie das Puder ihre Haut nur mattiert, statt die Falten unter den Augen zu verdecken, wie sie gehofft hatte. Ich sehe nicht jünger aus, denkt sie, nur geschminkter. Die Maskenbildnerin befeuchtet die Haare mit Wasser aus einer Sprühflasche, holt dann Bürste und Fön und zieht die aschblonden Haare zu einem glatten Zopf zusammen. Mit Spray fixiert sie die Frisur. »Fertig«, sagt sie. Für Bettina klingt es ungeduldig.

Die anderen Kandidaten sind nervös. Sie kreisen um die Tische, halten Saftgläser, rauchen.

»Wenn ich bei hundert Euro rausfliege, macht meine Freundin mit mir Schluß«, hört Bettina einen jungen Mann sagen, und eine Frau antwortet: »Falls man überhaupt so weit kommt. Wenn wir Fernsehserien ordnen müssen, bin ich jedenfalls gleich raus. Ich hasse Fernsehen.«

»Warum bist du dann hier?« fragt der junge Mann.

»Wegen dem Geld natürlich. Wie wir alle, oder?«

Wegen des Geldes, denkt Bettina, ich bin auch nur wegen des Geldes hier. Wenn ich eine Million gewinne, wird alles besser. Wir werden ein großes Haus haben, und Klaus wird öfter zu Hause sein. Wir können in Urlaub fahren, in die Karibik, hat Klaus gesagt. Tanja schiebt sich durch das Gedränge zu ihr, in der Hand zwei Gläser Prosecco. Bettina bemerkt, wie der junge Mann Tanja hinterherschaut.

»Du schaffst das«, flüstert Tanja ihr ins Ohr, »die anderen hier wissen gar nichts. Denk immer an die Million für Klaus und dich.« Für Klaus und dich. Irgendetwas an der Formulierung befremdet Bettina. »Ich gebe mein Bestes«, antwortet sie.

Genau 126mal hat Bettina das Studio im Fernsehen gesehen, die ansteigenden Sitzreihen, die wie eine Arena im Halbrund angeordnet sind. Die farbigen Lichter, die rotierenden Scheinwerfer. Sie hat keine einzige Sendung verpaßt. Aus der Nähe, bemerkt Bettina, sieht die Dekoration billiger aus, schäbig. Traumfabrik, schießt ihr durch den Kopf, und dann noch

Traumschiff, Traumurlaub, Traumpaar. Alles verliert aus der Nähe seinen Glanz. Die Zuschauer sitzen schon im Studio, und Bettina versucht, Tanja unter ihnen auszumachen. In der zweiten Reihe. Bettina hat ihre Korkenzieherlocken in der Menge entdeckt. Tanja lächelt, winkt. Bettina fällt auf, daß der Lippenstift die Farbe der Bluse hat. Dann weist eine junge Frau Bettina ungeduldig ihren Platz am Rand der Arena an.

Erwin Göttsche aus Rosenheim. Ulrike Peters aus Karlsruhe. Der Moderator stellt die Kandidaten vor, als Bettina ihren Namen hört, blickt sie zur Kamera.

Zu spät. Der junge Mann hat die Kanarischen Inseln schneller nach ihrer Größe sortiert als sie. Für einen Moment hatte Bettina an den mißglückten Urlaub mit Klaus auf Gran Canaria gedacht, wie sie mit ihm schlafen wollte, endlich wieder, und er sich verweigerte. Freundlich war er gewesen, aber das machte seine Kälte nur noch unerträglicher.

Der junge Mann ist an der Uckermark gescheitert. Vermutete sie in Schlesien. 500 Euro Schmerzensgeld für eine deutschlandweit ausgestrahlte Blamage. Eine Million, hatte Klaus gesagt, du lernst für die Million, damit fangen wir noch mal von vorne an.

»Jetzt haben wir für unsere Kandidaten eine echte Bildungsbürger-Frage«, sagt der Moderator, »bringen Sie diese Wörter in die Reihenfolge, in der sie in Goethes ›Erlkönig‹ vorkommen. A Vater, B Kind, C Nacht, D Wind.« Dideldidumm. Dumm, dumm. Die Melodie stürzt einige Töne nach unten, der Baß hat den Rhythmus eines langsamen Herzschlags. Rosa Licht, kreisende Scheinwerfer. Ewige zehn Sekunden.

Dann steht der Moderator am Rand der Arena und rezitiert: »Wer reitet so spät durch Nacht und Wind? Es ist der Vater mit seinem Kind. Er hat den Knaben wohl auf dem Arm, er faßt ihn sicher, er hält ihn warm.« Pause. »Bettina Linke war die Schnellste mit 5,3 Sekunden!« Tatata, tatata, taaa.

Bettina steht auf. Sie sieht nur den Moderator, der größer ist, als sie gedacht hat, der sie mit dieser winzigen Ironie im Gesicht ansieht, die sie vom Bildschirm kennt. Er versucht, mich einzuschätzen, denkt Bettina, 500 oder 32 000 Euro? Sie lächelt, gibt ihm die Hand. »Du mußt selbstbewußt wirken«, hatte Klaus immer wieder gesagt, »sonst versucht er von Anfang an, dich zu verunsichern.«

»Sie sind verheiratet?« fragt der Moderator.

»Seit acht Jahren.«

»Haben Sie Kinder?«

»Nein.«

Der Moderator schweigt eine Sekunde. Es kommt Bettina wie Mißbilligung vor. Er hat Kinder, sie hat sie sogar in einer Fernsehwerbung für Beton gesehen. Falls es seine wirklichen Kinder waren.

»Wen haben Sie denn mitgebracht?« fragt er.

»Meine Freundin Tanja.«

»Da sitzt sie, hallo Tanja. Sie sieht Ihnen ja ganz ähnlich, sind Sie sicher, daß Sie beide keine Schwestern sind?«

Immer wieder diese Frage. So ähnlich und doch so unähnlich. Tanja, die Hübsche, Bettina, die Kluge, Tanja, die Verspielte, Bettina, die Ernste. Wahrscheinlich hätte der Moderator lieber Tanja als Kandidatin gehabt.

»Ich bin ganz sicher«, antwortet Bettina. Bettina, die Langweilige, denkt sie.

»Fünfzehn Fragen, drei Joker«, sagt der Moderator, »und hundert Euro sind immer drin.« Einmal essen gehen mit Klaus. Sie waren schon lange nicht mehr im Restaurant.

»Wobei handelt es sich um einen Tanz? A Williamston, B Edwardston, C Andrewston, D Charleston.«

Die englische Königsfamilie. Sie lächelt über den versteckten Witz in der Frage. Einmal war nach dem Fachwort für kastrierte Schweine gefragt worden, und die Antwortmöglichkeiten waren Wilander, Nastase, Lendl, Borg.

»D Charleston«, sagt sie.

»D Charleston, und das ist richtig! Tanzen Sie gerne?«

»Ja, aber mein Mann leider nicht.« Es hat frustriert geklungen, stellt Bettina fest.

»Kann ich nachvollziehen«, sagt der Moderator, versöhnlich, »ich bin auch ein Tanzmuffel.«

Weiter. Die stehenden Redewendungen. Die Fremdwörter: Ein Transportunternehmen ist eine A Rotation, B Spedition, C Transformation, D Prohibition. Der Moderator eilt durch die Fragen. Er redet. Er versucht ein Gespräch, Bettina antwortet. Ja, sie hat mal drei Semester Geschichte studiert, aber dann abgebrochen. Bettina betrachtet seine lachsfarbene glänzende Krawatte. Eine ganz ähnliche hat sie Klaus einmal geschenkt, sie hatte sie bei einem teuren Herrenausstatter gefunden, bei einem ihrer ziellosen Stadtbummel. Rosa? fragte er. Natürlich hat er sie nie getragen.

Tatata, tatata, taa, Applaus, blinkende Treppenstufen.

16 000 Euro hat sie sicher. Noch fünf Fragen bis zur Million. »Was würden Sie mit dem vielen Geld machen, wenn Sie es denn gewännen?«

Mit Klaus ein neues Leben anfangen, irgendwo weit weg, vielleicht gemeinsam eine kleine Pension eröffnen, denkt Bettina. Aber Klaus würde das nie mitmachen. Sie antwortet: »Wir möchten ein Haus bauen. Und mein Mann würde gerne weniger arbeiten, damit wir mehr Zeit füreinander haben.« Er hat es immer und immer wieder gesagt, wenn wir das Geld haben, muß ich abends keine Überstunden mehr machen, und sie hat gelesen und gelernt, Geschichte, Geographie, Film, Literatur, Grundbegriffe aus Physik und Chemie, bis er irgendwann nach Hause kam. Manchmal war sie dann schon auf dem Sofa eingeschlafen.

»Wo ist Ihr Mann jetzt?« fragt der Moderator.

»Zu Hause. Er wartet auf meinen Anruf, falls ich nicht weiterweiß.« Wie oft sie auf seine Anrufe gewartet hat. Einmal rief sie Klaus abends im Büro an, um zu fragen, ob sie nicht spontan ins Kino gehen könnten. Niemand nahm ab. Spionierst du mir hinterher? fuhr er sie am nächsten Morgen beim Frühstück an. Ja, vielleicht, dachte sie.

Dideldidumm. 32 000 Euro. »Wer oder was wurde unter dem Namen ›Peacemaker‹ in den USA berühmt? A Ein Revolver, B Abraham Lincoln, C Whiskey, D Jesse James.« Der Moderator betrachtet sie neugierig. Bei 32 000 Euro scheitern die meisten, denkt Bettina. Die Sendung müsse eigentlich die

32 000-Euro-Show heißen, hatte sie mal in der Zeitung gelesen. »Lincoln oder Revolver«, sagt sie. Zum ersten Mal konzentriert sie sich wirklich auf die Antwort.

»Sie raten.«

»Ja.«

»Sie haben noch alle drei Joker«, sagt der Moderator, »wäre das nicht der richtige Moment, um einen einzusetzen?«

Peacemaker war ein Film mit Nicole Kidman, überlegt Bettina, mit Tanja und Klaus hat sie ihn gesehen. Tanja hatte den Film ausgesucht. Es ging darin nicht um Lincoln. Auch nicht um Revolver.

»Abraham Lincolns Wahl löste den Sezessionskrieg aus«, sagt Bettina und bemüht sich dabei um eine entschlossene Stimme, »daher wird man ihn wohl kaum den Peacemaker nennen.«

»Ah, das Geschichtsstudium. Aber sind Sie sicher, daß Sie das alles noch richtig in Erinnerung haben?«

Verunsichern, sie kennt seine Taktik. 32 000 Euro sind zu wenig. Die Million oder die 16 000, die ihr sicher sind, Top oder Flop. In die Karibik würde sie mit Klaus auf jeden Fall fahren, vier Wochen, und dort würden sie endlich diese Stille zwischen sich füllen. Er wünschte sich das auch, sprach von den Stränden und den Sonnenuntergängen, vom Cocktail auf der Terrasse. Richtigen Sex. Nicht dieses mühsame Abarbeiten einer selbstauferlegten Pflicht.

»A Revolver«, sagt Bettina.

»Oder wollen Sie doch lieber das Publikum befragen?«

Das Publikum. Das schon mal gar nicht. Neulich hielten die Zuschauer Dieter Kronzucker für den rasenden Reporter Egon Erwin Kisch.

»Nein. A Revolver.«

»A Revolver. Ob das richtig ist, erfahren Sie nach der Werbung.«

Die Maskenbildnerin pudert den Moderator schnell nach. Er sieht sein Leben lang aus wie ein Zehnjähriger, denkt Bettina, früher wie ein zehnjähriger Zehnjähriger, jetzt wie ein Zehnjähriger mittleren Alters und irgendwann wie ein greiser Zehnjähriger. Sie fragt sich, ob der Moderator sich selbst auch so beschreiben würde, kann sich aber zu keiner Antwort entschließen. Dazu könnte man das Publikum befragen, fällt ihr ein.

»A Revolver. Es stimmt!« Der Moderator lächelt und sagt: »Da war das Geschichtsstudium doch noch zu etwas gut.«

Vier Fragen noch. Mit 64 000 Euro wäre schon mal eine Basis da, um eine Wohnung zu kaufen. Oder nein, sie könnten in eine größere Wohnung ziehen und von den Zinsen die höhere Miete bezahlen. Nicht mehr über Geld streiten. Ich schaffe es, denkt Bettina, und sie sieht sich plötzlich von außen, wie sie die nächsten Fragen beantwortet, ein wenig zu dick, der Zopf, der ihr Gesicht zu rundlich macht, das Jackett zu brav, und hinter sich Tanja, wie sie die Unterlippe zwischen den Zähnen schräg nach innen zieht, was sexy aussieht, wie Klaus mal bemerkt hat.

»Welche Marke unterschritt der DAX im März 2001? A 2000, B 4000, C 6000, D 8000?«

Klaus würde das wissen, denkt Bettina, er hat sich immer für die Aktienkurse interessiert. Sich morgens beim Frühstück, wenn er die Tabellen in der Zeitung durchging, ausgerechnet, was er hätte verdienen können, wenn Geld dagewesen wäre zum Spekulieren. Soll sie ihn jetzt anrufen? Nein, erstmal der Fünfzig-Fünfzig-Joker.

A 2000 und C 6000. Im März 2001 war der Börsencrash, aber waren die Kurse nicht über Monate gesunken?

»6000«, sagt Bettina.

64 000 Euro. Rororo steht für Rowohlts Rotations-Romane, 125 000 Euro, und Erich Kästner schrieb 1943 unter dem Pseudonym Berthold Bürger das Drehbuch zur Münchhausen-Verfilmung, 500 000 Euro.

»Eine halbe Million, wenn Sie aussteigen. Eine Million Euro bei der richtigen Antwort oder 16 000, wenn Sie danebenliegen.«

»Eine Million Euro«, sagt Bettina.

»Na gut. Wie soll das Haus denn aussehen? Sauna, Pool, Marmorbäder?«

»Ich schwimme nicht so gerne«, antwortet sie.

Dabei schwimmt sie sogar sehr gerne, aber sie schämt sich, wenn Klaus sie im Badeanzug sieht, haßt die Adern, die als blaue Ringe durch die weiße Haut der Oberschenkel schimmern, und haßt die Falten am Bauch und wie der Badeanzug Täler in den Po schneidet.

»Aber Ihre Freundin Tanja«, sagt der Moderator, »die nickt heftig. Vielleicht könnten Sie ihr einen Pool spendieren.«

»Man muß die Haut des Bären erst haben«, antwortet Bettina und bricht dann den Satz ab. Sie spürt, wie sich ein Zweifel in ihr Bewußtsein drängt.

»Bevor man sie teilt. Befragen mich jetzt schon die Kandidaten?« Der Moderator lacht. Teilt, denkt Bettina, wieso teilt?

»Dann gehen Sie mal auf die Jagd. Es geht um eine Million Euro. Wie nennt man die zeichnerische Darstellung der Rückansicht einer Schiffsform? A Längsriß, B Wasserlinienriß, C Spantenriß, D Sentenriß.«

Was für ein skurriler Zufall. Sie hat mal im Büro einer Schiffswerft ausgeholfen, und sie weiß, daß die Antwort Spantenriß lautet. Eine Million Euro, sie denkt an Klaus, wir werden ein neues Leben anfangen, sie denkt an die einsamen Abende auf dem Sofa, und daß Tanja nur noch selten vorbeikam, und eigentlich nie, wenn Klaus nicht da war, und daß Tanja gesagt hat, ich möchte so sehr, daß du die Million gewinnst und dabei verlegen wirkte, und Bettina sagt, sie will ihren Mann anrufen, sich vergewissern.

Klaus nimmt sofort ab.

»Sie haben dreißig Sekunden Zeit«, sagt der Moderator, »auf Ihnen liegen die Hoffnungen Ihrer Frau.«

Meine Hoffnungen, denkt sie, und seine? Sie hört, wie Klaus sagt, »ich würde schon gern die Hälfte mitgewinnen«, und seine Stimme klingt fremd. Sie liest die Frage vor. 17, 16, auf dem Display laufen die Sekunden ab, »die Hälfte« schallt es in Bettinas Kopf, und auf einmal scheint nichts mehr wahr, woran sie geglaubt hat, und nichts mehr real, was sie gesehen hat, alles ist ganz anders, Tanja und Klaus, ich soll die Million holen, Klaus bekommt die Hälfte davon und verläßt mich für Tanja. Klare Stille in Bettinas Kopf. 4 Sekunden, 3 Sekunden.

»Sentenriß«, sagt Klaus schnell. Bettina starrt auf das Display. Sie überlegt. Der Moderator beobachtet sie. Dann hebt Bettina den Kopf: »D Sentenriß.«

Der Moderator wundert sich, daß sie dabei lächelt.

SANKT MARTIN

Der lange Tisch steht im Kaminzimmer des Restaurants, mit roter Tischdecke, das eine Ende nur wenig entfernt von dem offenen Feuer. Die weißen Wände sind mit hellbraunen Holzschnitzereien dekoriert. Peter hat sein meliertes Wolljackett über die gedrechselte Rückenlehne seines Stuhls gehängt, aber auch im Hemd ist es ihm noch zu heiß.

Jessica hat das Martinsgans-Essen organisiert, wie jedes Jahr. Am Tisch sitzen außerdem: Johanna, Melanie, Yilmaz, Jeanette, Matthias, Jakob, Simon, Barbara, Alexandra, Philipp. Peter stellt fest, daß Janosch nicht erschienen ist. Jessica nennt Janosch ihren »guten Freund«, würde aber, vermutet Peter, das »guten« gerne wegfallen lassen. Peter bezeichnet sie als ihren »besten Freund«, er selbst jedoch hatte lange Zeit das »besten« zum Teufel gewünscht, allerdings vergeblich.

Links von Peter sitzt Johanna, so hat Jessica es mit Tischkarten verordnet, weil sie hofft, daß er so an Johanna interessiert wäre, oder es zumindest werden könnte, wie Johanna an ihm.*

---

* Vor ein paar Jahren hatte ihr langjähriger Freund Johanna gefragt, ob sie ihn heiraten wolle. Sie lehnte ab, weil sie der Meinung war, sie könne mehr vom Leben erwarten. Sie trennten sich. Seitdem ist Johanna Single und versucht sich immer angestrengter zu versichern, daß sie sehr bald den Richtigen kennenlernen werde. Peter als Galerist, denkt sie, das könnte passen.

Jessica weiß nicht, daß Peter Johanna leise verachtet, denn bei einem früheren Essen, als Jessica sie schon mal neben ihm plaziert hatte, da hatte Johanna erzählt, sie sei in einem Kunstförderverein, wie er ja bestimmt auch, als Galerist, was auf ihn wirkte, als säße sie beim Vorstellungsgespräch und bewerbe sich auf die offene Planstelle in seinem Leben.

Peter dreht sich also angestrengt nach rechts zu Melanie, während er links Johannas hoffnungsvollen Blick spürt, was ihm leichte Schuldgefühle bereitet. Melanie, groß, übergewichtig*, hat keine Hoffnung mehr, also dröhnt sie in die Runde, die Martinsgans auf dem Teller sei noch die knusprigste am ganzen Tisch, und alle lachen darüber, Peter auch. Er würde gerne wissen, ob Johanna lacht, wegen des Gruppendrucks, aber er will sich ihr nicht zuwenden, das Risiko ist ihm zu groß, daß sie ein verzweifeltes Gespräch anfangen könnte, vielleicht darüber, welche Ausstellung er als nächstes plane, und dann wäre er gezwungen zu antworten, und schon diesen Gedanken kann er nicht ertragen.

Der junge Kellner mit dem glattrasierten Kopf blickt aus der Küchentür, sieht ein paar halbleere Weingläser auf dem Tisch, öffnet eine Flasche Rotwein, Primitivo Salento, zwei Jahre alt, im Einkauf 5 Euro, Restaurantpreis 34 Euro, denkt, daß diese Gruppe von zwölf Besserverdienern sich nachher über die Rechnung beschweren wird, er kennt das schon. Sie werden trotzdem bezahlen. Er öffnet eine weitere Flasche Rotwein und

* Trennkost, Brigitte-Diät, Ananas-Diät, Weight Watchers – Melanie hat schon alles ausprobiert. Ohne Erfolg. Inzwischen muß sie bei Ulla Popken einkaufen, was sie haßt, denn Schnitte, Farben und Muster sind von zeitloser Häßlichkeit. Sie wünscht sich die achtziger Jahre zurück, in denen man noch oversized trug.

schenkt nach, auch in noch halbvolle Gläser, um den Konsum hochzutreiben. Er folgt damit einer Anweisung des Besitzers, dessen Restaurant kurz vor dem Bankrott steht. Der Kellner findet die Anordnung stillos und weiß, daß sie seinen Arbeitsplatz nicht retten wird.

Peter hört, wie Yilmaz* sich über die Vermischung zweier Weine in seinem Glas beschwert, aber dann nach einem gespielt beleidigten »Cheers!« einen großen Schluck nimmt und noch eine ironische Bemerkung macht, über die wieder alle lachen, die Peter aber nicht versteht.

»Jessica, sag mal, organisierst du eigentlich jedes Jahr in diesem Restaurant das Martinsgans-Essen?« erkundigt sich Jeanette.**

»Wie meinst du das?« fragt Jessica, und Matthias*** sagt: »Das hörst du doch, wie sie das meint, in diesem Restaurant, au, ist das gemein, höhö.«

Auf dem Tisch stehen jetzt nachgelieferte Schüsseln mit Knödeln, auf denen hellbraune, fettglänzende Brotkrümelhauben kleben, sowie Schüsseln mit der Füllung aus Backpflaumen und irgend etwas Teigigem, das Peter nicht identifizieren

---

* Yilmaz legt Wert darauf, daß seine Freundinnen stets blond sind. Natürlich würde er niemals zugeben, daß das etwas mit seinem Wunsch nach Dazugehörigkeit zu tun hat und seinem Zweifel daran, daß er von den anderen wirklich akzeptiert wird. »Ich stehe auf blond«, sagt er, »wie die meisten Männer.«

** Jessicas Nachbarin Jeanette ist zum ersten Mal beim Martinsgans-Essen dabei und fühlt sich fremd in der Runde, vielleicht auch ein wenig minderwertig, weil sie als Zahnarzthelferin arbeitet und die anderen studiert haben. Sie hat Sehnsucht nach ihrem Freund, der bei einem Meßgeräte-Hersteller im Außendienst arbeitet und wieder mal ein paar Tage unterwegs ist.

*** Matthias besitzt eine Werbefilm-Firma. Die Geschäfte liefen bestens, bis die Börsen crashten. Wenn nicht schnell ein großer Auftrag kommt, muß er Mitarbeiter entlassen. Und dann? Die Eigentumswohnung verkaufen? Erst im nächsten Herbst, heißt es, werde es mit der Wirtschaft wieder bergauf gehen.

kann. Außerdem Schüsseln mit Rotkohl, nun geht der Kellner mit einer Sauciere herum, und Melanie verlangt laut nach mehr von der fetten Soße, weil es bei ihr nicht mehr darauf ankomme, und wieder wird gelacht.

Warum er fast nichts gegessen habe? fragt Jessica Jakob*, auf dessen Teller ein fahler Knochen aus dem dunkelbraunen Gänseschenkelfleisch herausragt, daneben ein Knödel, der in der Soße treibt, Rotkohlreste. »Beziehungsprobleme«, sagt Jakob, deshalb sei er dieses Mal auch ohne Andrea** gekommen, und Melanie wirft ein, das sei doch ein Grund mehr zu essen und nicht weniger. Jessica fragt nach, Jakob erzählt, Andrea habe zweimal kurz hintereinander Urlaub auf Jamaika gemacht, erst beim zweiten Mal sei er mißtrauisch geworden, als sie am Flughafen so kalt gewesen sei, außerdem hätten sie seit Monaten nicht mehr miteinander geschlafen. Er sei ihr fünfeinhalb Jahre lang treu gewesen, was für ein Vollidiot er gewesen sei. Peter weiß, daß Andrea mit Matthias im Bett war, wahrscheinlich auch mit Simon***, aber er vermutet, daß Jakob

* Jakob besitzt ein Penthouse mit Schwimmbad im Zentrum der Stadt. Pro Tag raucht er drei Packungen Zigaretten und trinkt zwei Flaschen sehr teuren Rotwein. Er weiß, daß manche denken, sie könnten mit seinen Millionen Sinnvolleres anfangen. Er hat selbst oft überlegt, was das sein könnte. Es ist ihm aber nichts eingefallen.

** Andrea hatte geglaubt, es gebe eine stille Übereinkunft zwischen Jakob und ihr: Sie erträgt seine Fahne und begleitet ihn zu Familienfeiern, dafür darf sie auswärts Spaß haben. Für Sex ist Jakob meist zu betrunken. Der Jamaikaner war im übrigen ein phantastischer Küsser. So einen findet man nicht oft, leider.

*** 100 Frauen. Auf die Zahl will Simon bis zu seinem vierzigsten Geburtstag kommen. Er ist jetzt bei Nummer 74 und weiß, daß er das locker schaffen kann. Trotzdem geht er manchmal Risiken ein, die nicht nötig wären, zum Beispiel, mit Andrea zu schlafen. Im Moment beobachtet er gerade Jeanette. Er hat gehört, daß ihr Freund verreist ist. Wenn er die 100 erreicht hat, will er eine Familie gründen und nur noch Gelegenheiten nutzen, die sich zufällig ergeben. Simon sieht blendend aus, Typ norddeutscher Segeljacht-Besitzer. Da ergibt sich immer etwas.

davon keine Ahnung hat. Andererseits hat Peter mal beobachtet, wie Jakob auf einer Party an Jessica herumgefummelt hat. Er ist sich unschlüssig, ob es dabei blieb oder nicht.

Peter fällt ein, daß Jakob von Beruf Erbe ist, und findet das Leben gerecht. Dann hört er, wie Matthias erzählt, der Sextourismus sei in Tunesien viel schlimmer als in Jamaika, da säßen in den Hotels an jedem Tisch um eine Europäerin sechs Araber herum, ließen sich aushalten, und die Frau suche sich dann einen aus, den sie mit aufs Zimmer nehme.

»Da fahre ich auch hin«, sagt Melanie.

»Ist ja ekelhaft«, sagt Matthias' Freundin Barbara*, »die Araber halten Frauen doch für den letzten Dreck.«

»Wieso nur die Araber?« fragt Matthias.

»Ich ziehe aus«, sagt Jakob, »weiß jemand von einer Zwei-Zimmer-Wohnung?«

Alexandra**, die Immobilienmaklerin, sagt: »Ich habe da etwas sehr Schönes, Altbau, mit großem Balkon. Und für dich nur drei Prozent Provision«, sagt sie, »ich will an anderer Leute Unglück nichts verdienen.«

»Wie bitte?« fragt Jakob.

---

* Barbara ahnt, daß es um Matthias' Firma schlecht steht, auch wenn er kein Wort darüber verliert. Ihm wird schon etwas einfallen, tröstet sie sich. Sie hatte einen kurzen Anflug von schlechtem Gewissen, als sie neulich für 2 000 Euro bei Hermès eingekauft hat. Doch Matthias hat nichts weiter dazu gesagt. Schließlich war auch ein Wollpullover für ihn dabei gewesen.

** Alexandra hat Jakob das Penthouse verkauft. Es hatte monatelang leergestanden, weil es völlig überteuert war. Ihr Chef überwies ihr daraufhin eine schöne Sonderzahlung. Sie hat von Matthias' Finanzproblemen gehört und fragt sich, ob sie ihm ein Angebot für seine Eigentumswohnung machen soll, mit dem Argument, jetzt könne er noch richtig viel Geld dafür bekommen, der Immobilienmarkt stehe kurz vor dem Crash. Er würde das wahrscheinlich glauben – oder zumindest so tun.

»Das war ein Scherz«, antwortet Alexandra, »du zahlst natürlich sechs Prozent.« »Diese scheiß Makler!« ruft Philipp.*

Yilmaz erzählt, daß er kürzlich eine Wohnung nicht bekommen habe, weil die Vermieter fest behaupteten, bei Türken käme andauernd die ganze Familie zu Besuch, um gemeinsam zu tanzen.

»Und? Genauso ist es doch«, sagt Simon.

»Na klar!« ruft Yilmaz, springt auf, legt die Hände auf die Hüften, läßt sie kreisen und heult eine Halbtonschritt-Melodie.

Auf dem Beistelltisch sind die beiden parallelen Reihen ungeöffneter Primitivo- und Coralbaflaschen auf die Hälfte ihrer ursprünglichen Länge geschrumpft, daneben stehen die leeren Flaschen in zwei unordentlichen Gruppen. Der Kellner zählt unauffällig nach, zwölf Flaschen Wein hat er bisher ausgeschenkt, 408 Euro, acht Flaschen Wasser, 52 Euro. Er schätzt die Gesamtrechnung auf 800 Euro, zehn Prozent Trinkgeld obendrauf, also 80 Euro für ihn. Eigentlich hatte er auf 100 gehofft. Er beschließt, den Gästen eine Runde Grappa zu spendieren, nach seiner Erfahrung sind sie dann großzügiger.

»Lecken, ficken, blasen«, gröhlt Simon jetzt Jessica ins Ohr, damit es alle hören, und noch mal, »vögeln, blasen, bumsen«, und dann grinst er und sagt: »Koprolalie, weiß jemand, was das ist?«

---

* Philipp hat sich als Immobilienanwalt spezialisiert und vertritt die Firma, in der Alexandra arbeitet. Er war der Meinung, sie seien schon deshalb ein ideales Paar, aber sie hat ihn abblitzen lassen. Sie sei leider nicht verliebt und habe auch keine Zeit für eine Beziehung. Jakob hat Philipp den wahren Grund gesteckt: Alexandra halte ihn für einen Schwulen, der sich seine Homosexualität nicht eingestehe. »Völlig absurd«, hat Philipp daraufhin zu Jakob gesagt. Allerdings hat er Alexandra nie darauf angesprochen.

»Wenn man zwanghaft versaute Sachen sagt«, antwortet Barbara.

»Ich wußte, hier sitzen Bildungsbürger am Tisch«, sagt Simon und wiederholt noch mal laut: »Ficken!«

»Also, Koprolalie ist, wenn du aussprichst, was du die ganze Zeit denkst, Simon, du Schwein«, ruft Melanie über den Tisch.

»Du etwa nicht?« schreit Simon zurück, »ich meine, mit Praxis ist ja wohl nix.«

»Hehehe«, antwortet Melanie.

Peter sagt: »Ich lese gerade ein Buch, in dem brüllt einer beim Orgasmus immer ›Sieg den Kräften der demokratischen Freiheit!‹«

»Das will ich auch lesen«, sagt Jessica, »wie heißt es?«

»Kurze Interviews mit fiesen Männern.«

»Da kannst du genausogut mich befragen«, sagt Matthias.

Peter bemerkt, daß Johanna sich mit Philipp unterhält, und deshalb riskiert er es, nach links zu schauen. Er spürt, daß die Muskeln auf der linken Seite seines Halses verspannt sind. Er legt den Kopf schräg, um die schmerzenden Muskeln zu dehnen. Jetzt erst sieht er, daß Johanna ein Jackett mit Stehbündchen trägt. Peter findet Stehbündchen manieriert und spürt eine neue Welle des Widerwillens. Er wird abgelenkt, als der Kellner sagt: »Wir möchten Sie auf einen Grappa einladen« und von einem Silbertablett kleine Gläser verteilt. Peter bemerkt, daß sich sein Bauch rund und voll anfühlt.

Alexandra beschwert sich über die Rechnung, sie habe doch keine zwei Flaschen Wein getrunken, und der Kellner erklärt mit jener Freundlichkeit, die keinen Widerspruch duldet, daß er, um für alle ungefähr gleich hohe Rechnungen ausstellen zu können, die Getränke auf die Gäste verteilt habe, weshalb manche nun Aperitifs und Wasserflaschen zu bezahlen hätten und andere eben Wein, so habe er das mit Jessica ausgemacht. Nur der Herr, der sich seine Portion vorher abgeholt habe, habe lediglich den Preis für das Gericht zahlen müssen, abzüglich zehn Euro, denn den Service habe er selbstverständlich nicht berechnet.

»Vorher abgeholt?« fragt Peter, »wer war das? Janosch?«

»Ja«, antwortet Jessica, »das war Janosch. Er hat mich am Nachmittag angerufen und gesagt, ihm sei übel, er könne nicht kommen. Und dann war er um halb acht hier und hat sich seine Portion Gans mitgenommen.«

»Ich habe ihm gesagt, er müsse sich einen Topf mitbringen«, berichtet der Kellner, »wir sind nicht auf Außer-Haus-Essen eingestellt.«

»Der wollte nicht mit uns essen, aber auch nicht auf die Gans verzichten«, sagt Melanie, »das kann ich sehr gut verstehen.«

»Verräter!« ruft Simon.

Peter sagt zu Jessica: »Ich dachte, Janosch sei ein guter Freund von dir.«

»Ich habe keine Freunde«, antwortet sie, »deshalb sitzt ihr ja hier.«

»Prost«, brüllt Matthias und hebt schwungvoll sein Rotweinglas, »auf die wahre Freundschaft!«

Und alle strecken die Arme aus, in der Hand die Gläser, sie stoßen quer über den Tisch miteinander an und blicken sich bei jedem »Pling« in die Augen.

DIRTY TALK

Steffen rollte sich von Nele herunter und drückte sie fest an sich. Ist er gekommen? fragte sich Nele und zog ihn ihrerseits, weil er das bestimmt erwartete, mit beiden Armen an ihren nackten Körper. Dabei hätte sie viel lieber diesen Schweißtropfen abgewischt, der sich, während er sie mit geschlossenen Augen vögelte, auf seiner Stirn gebildet hatte, wie sie mit zunehmender Faszination von unten beobachten konnte. Irgendwann war der Tropfen auf sie gefallen, kitzelnd lief er nun ihre Schläfe hinab.

Dann spürte sie, wie Flüssigkeit aus ihr heraussickerte. Er war also tatsächlich gekommen.

Zu Neles Erleichterung ließ Steffen sie ein wenig los. Doch nur, um ein paar Zentimeter Abstand zu ihrem Gesicht zu bekommen. Er lächelte sie an, nein, er strahlte, fand Nele, und sagte: »Ich liebe dich.« Es war, nach dreißig Minuten Schweigen, so lange hatte der Sex ihrer Schätzung nach gedauert, der erste Ton, den er von sich gab. In diesem Moment dachte Nele, daß es so nicht weitergehen könne.

Nele und Steffen waren seit drei Monaten ein Paar. Sie hatten sich auf einer Party kennengelernt, man müßte eigentlich sagen, daß sie verkuppelt worden waren. Andrea, die mehr eine Bekannte als eine Freundin von Nele war, hatte einen neuen Freund, und der wiederum hatte einen guten alten Freund mitgebracht, Steffen nämlich. Nele war Single und froh, die fünfjährige sexuelle Dürreperiode ihrer letzten Beziehung hinter sich zu haben; allerdings waren die vergangenen anderthalb Jahre auch nicht gerade das große Abenteuer gewesen. Genauer gesagt, hatte sie eine Nullrunde geschoben. Und daß sie vor kurzem in einer britischen Zeitschrift gelesen hatte, 13 Prozent aller weiblichen Singles hätten sechsmal pro Woche Sex, hatte sie zusätzlich deprimiert. Nele war also bereit für Neues.

Andrea machte Nele und Steffen miteinander bekannt, als sie, Tom-Kha-Gai-Suppe aus weißen Porzellanschalen löffelnd, in der Küche standen und sich darüber amüsierten, welcher Gast nun wieder in Unkenntnis der thailändischen Gepflogenheiten das harte Zitronengras mitaß oder auf eine bösartig scharfe Chilischote gebissen hatte. Später saßen Nele und Steffen im Wohnzimmer zusammen auf der Couch und unterhielten sich, während die anderen tanzten. Nele erfuhr, daß er und seine Freundin Nicola sich vor einem halben Jahr einvernehmlich getrennt hatten, weil »die Luft raus war«. Dann tanzten sie auch, auf dem Balkon kühlten sie sich wieder ab. Gegen drei Uhr fuhr Nele mit dem Taxi nach Hause, Steffen wollte noch bleiben.

Am nächsten Tag rief Andrea an, worüber Nele leicht erstaunt war, denn so gut kannten sie sich schließlich nicht. Andrea erzählte ihr, daß Steffen sie »bezaubernd« genannt habe. Sie habe ihn auch sehr nett gefunden, antwortete Nele, was eine nichtssagende Aussage war, die aber trotzdem so ungefähr stimmte.

Daraufhin rief Andreas Freund bei seinem Kumpel Steffen an, um diesem mitzuteilen, daß Nele ihn »sehr, sehr nett« gefunden habe. Er gab ihm ungefragt Neles Telefonnummer, die Steffen sofort wählte. Weder er noch Nele erwähnten in dem Gespräch die Anrufe von Andrea und ihrem Freund, und zwei Tage später trafen sie sich zum ersten Mal. Sie sahen sich auf Steffens Vorschlag hin eine Ausstellung über den Zusammenhang zwischen Kunst und Ökonomie an. Nele wäre nie auf die Idee gekommen, beim ersten Date ins Museum zu gehen. Außerdem bekam sie immer Rückenschmerzen vom langen Stehen, aber na gut.

Steffen war überhaupt nicht Neles Typ: Er war riesig, bestimmt 1,90 Meter, schätzte sie, und sie mochte lieber Männer, die so groß waren wie sie selbst. Er schien wenig Körperbehaarung zu haben, und sie liebte dicke schwarze Brusthaare, ziemlich dünn war er auch, während sie Muskeln bevorzugte.

Aber er hatte eine dunkle, leicht heisere Stimme, die sie schon auf der Party fasziniert hatte. Und auch wie er sprach, mochte sie, warm, tief aus seinem Körper heraus. Als sie darüber nachdachte, was sie an seiner Stimme so anzog, fiel ihr nur das Wort »sexy« ein. Wie albern, dachte Nele.

»Ich arbeite als Sprecher«, erzählte Steffen. Radio, Synchron, Hörspiele, Hörbücher, Werbung, alles, was so anfiel. Leider fiel wegen der Wirtschaftsflaute gerade nicht so viel an.

Steffen mochte an Nele, wie sie sich später zusammenreimte, genau das, was sie an sich nicht leiden konnte: die engelhaften blonden Locken, die sie verbissen glattzufönen suchte, was bei feuchtem Wetter eine sinnlose Anstrengung war; das harmlos-freundliche schmale Gesicht; diesen Gesamteindruck von Bravheit, gegen den nichts half, kein Minirock, kein Make-up, keine engen Tops und hohen Absätze. Sie hatte es mal mit einem T-Shirt versucht, bei dem der Aufdruck »Schlampe« quer über ihren Busen spannte – damit jeder lesen sollte, mit wem er es zu tun hatte. Leider, fand Nele, als sie sich zu Hause im Spiegel betrachtete, sah sie damit aus wie eine Kindergärtnerin, die einem ihrer Schützlinge das T-Shirt geklaut hatte. Wütend stopfte sie es in die Box mit dem Schuhputzzeug. Dann würde sie das T-Shirt eben als Lappen benutzen.

Nach dem Museumsbesuch schickte Steffen ihr ein Hörbuch, das er eingelesen hatte. Sie verabredeten sich zum Kino, und als sie das Programm durchgingen, drängte er sie zu einer romantischen Liebeskomödie. Dabei hätte sie viel lieber diesen neuen Film des Deutsch-Türken gesehen, weil die Hauptdarsteller in jeder zweiten Szene miteinander ins Bett stiegen, wie sie in der Zeitung gelesen hatte. Auf ihren absichtlich beiläufigen Vorschlag ging Steffen aber nicht ein, und deutlicher zu werden traute sie sich nicht.

»War das ein schöner Film«, sagte Steffen, als sie das Kino verließen. Nele hatte sich auch gut unterhalten – sich aber gleichzeitig darüber geärgert, daß sie sich von diesem Hollywoodkitsch hatte berühren lassen, fast wären ihr bei diesem blöden Happy-end die Tränen gekommen. Noch grantiger machte sie, daß Steffen offensichtlich glaubte, sie sei der Typ für solche Romanzen. Sie aßen noch einen Geflügeldöner in einem Imbiß, dann brachte er sie mit dem Auto nach Hause. Um Mitternacht lag Nele im Bett, allein, und haderte mit der Welt.

Im Grunde war sie beleidigt, weil Steffen noch nicht einmal versucht hatte, sie zu küssen. An der Knoblauchsoße auf dem Döner konnte es jedenfalls nicht liegen, die hatte er auch gegessen. Der Abend bestätigte ihren Verdacht, daß sie auf ihn wie eine Frau wirkte, der man erst beim zehnten Treffen einen zarten Wangenkuß gab, um sie nicht zu verschrecken. Sie wollte lieber der Typ Frau sein, den ein Mann am ersten Abend in sein Bett schleifte, notfalls noch vor dem ersten Kuß.

Weil sie sich so tief mißverstanden fühlte, hatte Nele auch keine besondere Lust mehr, sich noch einmal mit Steffen zu treffen. Er hinterließ Nachrichten auf ihrem Anrufbeantworter, doch sie rief nicht zurück. Sie reagierte auch nicht auf seine Sms. Daß sie schließlich doch mit ihm sprechen mußte, hatte sie ihrer veralteten technischen Ausstattung zu verdanken: Sie besaß nur einen analogen Telefonanschluß und wußte daher nie, wer anrief. Als sie eines Abends auf den Anruf einer Freundin wartete und es klingelte, hob sie deshalb ab. Steffen war dran. Er war noch nicht einmal beleidigt, daß sie ihn tagelang ignoriert hatte, oder zumindest ließ er sie nichts in der Richtung spüren, sondern lud sie, als wäre nichts gewesen, zum Essen ein. Vielleicht, dachte Nele, hattte sie sich mit ihrer Flucht auch erst als interessante Beute qualifiziert.

Er mußte an dem einzigen Abend der Woche, an dem sie Zeit hatte, ins Synchronstudio. Deshalb ginge es bei ihm erst gegen 21 Uhr, ob ihr das zu spät sei? Nein, das paßte Nele ganz gut. Aber er wisse nicht genau, ob er wirklich pünktlich fertig werde, wandte Steffen ein.

»Dann hole ich dich vom Studio ab«, sagte Nele, »und wenn du noch arbeitest, warte ich eben solange.«

»Aber vielleicht dauert es sehr viel länger. Soll ich dich nicht lieber anrufen, und dann treffen wir uns direkt im Restaurant?« Es lag etwas Bittendes in seiner Stimme.

»Ich würde aber gerne mal ein Synchronstudio sehen. Ich war noch nie in einem.«

Steffen schwieg. Irgend etwas stimmte da nicht, dachte Nele. Hatte er doch eine Freundin, die er ihr verheimlichte und mit der er an dem Abend verabredet war?

»Ich spreche da einen Porno«, sagte Steffen schließlich.

Einen Porno. Wow, dachte Nele, das ändert die Sache natürlich. Vielleicht hielt Steffen doch noch, was seine Stimme versprach? Der Abend, fand sie, hatte auf jeden Fall Potential.

»Wie ist die Adresse?« fragte Nele.

Ganz gegen ihre Gewohnheit war Nele pünktlich. Um die Wahrheit zu sagen: überpünktlich. Das Studio lag im Hinterhof eines Wohnblocks, vierter Stock, über eine enge Treppe zu erreichen. Es war genau 20.45 Uhr, als sie klingelte. Ein großer braungebrannter Mann mit halb herausgewachsenen blonden Strähnchen öffnete ihr.

»Steffen ist noch nicht durch«, sagte er, »willst du was trinken? Bier, Saft, Wasser, Kaffee?«

»Wasser«, antwortete Nele. Verdammt, sie hätte »Bier« sagen sollen, das hätte cooler gewirkt. Sie blickte sich um. Ein großer Empfangstresen aus weißem Resopal, eine kleine Bar mit Kochecke aus dem gleichen Material, kornblumenblauer Teppichboden. Eine graue Sitzgarnitur. Nele fühlte sich an ein Sonnenstudio erinnert. Jedenfalls fehlte dem Raum jegliches Rotlichtflair.

»Darf ich bei der Aufnahme zuhören?« fragte Nele.

»Klar, kein Problem.«

Er führte sie in den Regieraum und stellte sie einer grauhaarigen Frau mit Pagenfrisur namens Beate als »Steffens Freundin« vor. Beate war die Synchron-Regisseurin, sie hatte auch die deutsche Dialogfassung des amerikanischen Pornos »Fuck for Fun« geschrieben. Neben ihr am unübersichtlich großen Mischpult saß der Tontechniker, und hinter der Scheibe stand Steffen. Er hatte Nele offenbar nicht bemerkt, denn er starrte auf einen Monitor und bewegte stumm die Lippen dazu.

Auf einem Bildschirm im Regieraum verfolgte Nele, was Steffen auf seinem Monitor sah: eine Blondine mit vor und zurück schaukelnden Silikonbrüsten in Hündchenstellung auf einem zerwühlten Hotelbett, die von einem tätowierten Mann, Typ Billig-Bruce-Willis, in den Hintern gefickt wurde. Detailaufnahme Penis in Anus. Nele bemerkte, daß die Frau schon einen blauen Fleck auf ihrer rasierten Haut hatte. Der Kerl hat schon etwas härter zugestoßen, dachte sie. Der Techniker spulte ein Stück zurück. Die Blondine drehte nun den Kopf nach hinten.

»Take 231. Läuft!« rief die Regisseurin ins Mikrophon.

Die Blondine: »Oh, ja, fick das Arschloch. Ja, gut.«

Steffen, tief, heiser: »Ja, ich fick dich. Schön tief, geil.« Dann ein Stöhnen, das langsam aus seiner Kehle hochzurollen schien. Nele war überrascht: So also konnte Steffen klingen?

»Da läuft es mir kalt den Rücken runter«, sagte die Regisseurin.

»Gefällt es dir?« fragte Steffen und stöhnte noch mal. Dann lachte er. Auch dieses Lachen hörte sich ganz anders an, rauh, dreckig.

Nele hätte gerne gesagt, daß ihr sein Stöhnen ebenfalls ausgezeichnet gefiel. Aber sie rutschte statt dessen noch tiefer in den Ledersessel. Sie dachte, es wäre besser, wenn Steffen sie nicht sah. Sie wollte ihm unbeachtet zuhören.

Nächste Szene. Die Blondine legte sich auf den Rücken, griff den Schwanz der Bruce-Willis-Kopie.

Steffen: »Ja, nimm ihn dir, steck ihn dir in deine nasse Muschi.«

Die Bruce-Willis-Kopie nun knieend zwischen ihren aufgestellten Beinen.

Steffen: »Ja, die geile Fotze wird heute richtig durchgefickt.«

Nahaufnahme Penis, im sturen Rhythmus einer Dampfmaschine, rein, raus, rein, raus, rein, raus.

Steffen: »Ja, ich fick sie, deine geile Fotze, du kleines schwanzgeiles Stück.«

Dann wieder Stöhnen. Nele schloß die Augen.

»Ja, oh, ich stoß ihn ganz tief rein, oh, ja, das ist unglaublich, hmm.«

Nele legte den Kopf zurück und stellte sich vor, während sie seinem Stöhnen zuhörte, wie sie mit ihm fickte. Ja, genau das wollte sie, und genau so wollte sie es.

»Seit wann bist du schon da?« fragte Steffen, als sie sich später im Vorraum des Studios begrüßten. Es war 21.20 Uhr. Nele schaute sich um. Die Regisseurin war noch im Studio. Der Tontechniker auch.

»Knapp zehn Minuten oder so«, antwortete sie, »ich war ein bißchen spät dran.«

»Hast du zugehört?« fragte Steffen. Er klang besorgt.

»Ja, aber nur kurz. Komm, laß uns gehen, ich habe Hunger.«

Sie gingen in ein kleines indisches Restaurant in der Nähe des Studios und teilten sich ein vegetarisches Punjabi-Menü für zwei Personen, das aus drei Curries, Reis, Naan und Raita bestand. Nele trank Mango-Lassi, Steffen bestellte Bier.

Die Unterhaltung lief nicht ganz in die Richtung, die Nele sich gewünscht hatte. Sie hätte Steffen gerne gesagt, wie ansprechend sie sein heiseres Stöhnen gefunden hatte, aber er erklärte gleich, die Filme »widerlich« zu finden, wenn auch nicht ganz so schlimm wie die Schwulenpornos, die er ebenfalls synchronisierte, und daß er sich deshalb vor allem auf die Technik konzentriere, darauf, daß die Labiale richtig saßen, sonst könne er den Job gar nicht ertragen. Und daß es ihn unglaublich nerve, daß diese amerikanischen Pornodarsteller beim Sex praktisch ununterbrochen quasselten.

»Entschuldige, warum erzähle ich dir das überhaupt?« sagte Steffen plötzlich, »das ist doch gar nicht deine Welt.« Er schwieg und sah Nele, wie sie fand, verliebt an, so daß sie ihm nicht widersprechen wollte, und wechselte dann das Thema. Der neue Updike. Großartig. Er mußte ihr den Erzählungsband unbedingt leihen.

Doch so schnell war Nele nicht zu entmutigen. Das, was sie im Studio gehört hatte, sollte Steffen zu Hause in ihrem Bett wiederholen. Und zwar am besten noch am selben Abend. Als er sich vor ihrer Haustür herunterbeugte, um ihr den üblichen zarten Abschiedskuß zu geben, drehte sie ihm ihr Gesicht zu und küßte ihn auf den Mund. Sie spürte, wie sich sein Körper für einen Moment versteifte, dann ließ er sich auf sie ein und öffnete seine Lippen für ihre Zunge.

»Kommst du noch mit hoch?« flüsterte Nele, nachdem sie sich ungefähr fünf Minuten geküßt hatten.

»Willst du das wirklich?« fragte Steffen.

»Ja, das will ich wirklich.«

Nele sparte es sich, ihm noch höflich ein Glas Wein oder ein Bier anzubieten, sondern ging schnurstracks mit ihm ins Schlafzimmer. Angezogen und sich immer noch küssend ließen sie sich aufs Bett fallen. Steffen schob die Hand unter ihren Pullover und begann sie zu streicheln. Das machte er ganz gut, fand sie und knöpfte sein Hemd auf. Seine Haut war überraschend samtig, so daß Nele die Idee hatte, so müßten sich wahrscheinlich Frauen anfühlen.

Irgendwann hatten sie sich ganz ausgezogen, dann lag Steffen auf ihr und küßte sie. Er streichelte ihren Kopf, ihr Gesicht, er küßte sie wieder. Er sah sie an, lächelte, küßte sie noch einmal. Jetzt könnte es langsam mal richtig losgehen, fand Nele und zog ihre Beine an, damit er leichter den Weg in sie hineinfinden würde. Nichts. Vielleicht war er impotent? Nein, das war er nicht, das konnte sie spüren.

»Willst du . . .?« fragte Nele vorsichtig, doch da unterbrach Steffen sie schon mit einem sanften »pscht«.

Okay, die Nacht ist jung, überlegte Nele, ich kann warten. Sie biß Steffen leicht ins Ohr, und dabei fiel ihr Blick auf die beiden Lampenkabel, die aus der Zimmerdecke ragten. Da muß ich endlich mal diesen Deckel anbringen, dachte sie, aber wo habe ich den nur hingeräumt? In den Werkzeugkasten? Liegt der noch auf der Fensterbank? Sie saugte an seinem Hals. Oder sollte sie doch lieber eine Lampe anbringen? Es war lästig, immer im Dunkeln durch das Schlafzimmer zu tappen, sich dreimal den Fuß zu stoßen, bis sie endlich die Stehlampe in der Ecke ertastet hatte. Andererseits waren fast alle Deckenlampen häßlich. Nele wurde beim Nachdenken unterbrochen, weil sich etwas in sie hineinschob. Endlich. Nele schlang die Arme um Steffens Rücken und drückte sich ihm entgegen. Gleich würde er anfangen zu stöhnen.

Doch kein Ton. Nur der Lattenrost tockte gegen die Wand.

Ob er sich vor ihr schämte? Oder wartete er auf ein Signal von ihr? Um ihm zu zeigen, wo es hingehen sollte, versuchte Nele es nun selbst mit einem kleinen, leisen Schnurren. Nichts. Gut, dann eben etwas deutlicher. Sie keuchte nun in seinem langsamen Rhythmus. Doch Steffen blieb still. Plock, plock, plock, machte der Lattenrost. In den Pausen hörte Nele, wie der Nachbar in der Wohnung unter ihr schnarchte. Wie dessen Frau das wohl aushält, fragte sie sich.

Steffen hielt inne. »Gefällt es dir?« erkundigte Nele sich leise, in der Hoffnung, er würde etwas antworten wie: Ja, es ist geil, dich zu ficken.

Aber er nickte nur. Dann zog er sich aus ihr heraus, drehte sie auf den Bauch und machte weiter. Vielleicht sollte sie einfach sagen, ja, fick mich, oder so. Und wenn er dann immer noch schwieg? Nein, sie wollte sich auch nicht mit Anfängersprüchen vor ihm lächerlich machen, schließlich war Steffen Profi im Dirty Talk. Irgendwie, dachte Nele, war die Situation verfahren.

Sie spürte, daß er zu schwitzen begann. Aha, jetzt geht es aber endlich los, hoffte sie. Steffen knetete ihre Brüste und stieß nun härter zu. Und schneller. Hatte sie ein Schnaufen gehört? Dann war Schluß. Einen Augenblick verharrte er noch, dann ließ er sich neben sie fallen. Sie spürte, daß sein Herz schnell schlug.

»Es ist wunderschön mit dir«, flüsterte Steffen nach einiger Zeit. In seinem Gesicht lag ein Ausdruck entspannten Glücks. »Du bist zauberhaft.« Er strich die Haare aus ihrem Gesicht und küßte sanft ihre Lippen. »Wie ein Engel«, flüsterte er. »Fandest du es auch schön?«

»Ja«, antwortete Nele.

Vielleicht wäre Nele nach dieser ersten Nacht mit Steffen nicht so frustriert gewesen, wenn sie nicht jahrelang mit ihrem früheren Freund in einer Sex-Wüste gelebt hätte. Er hielt sich für kompetent im Bett, weil er sie mit seiner Zunge zum Orgasmus bringen konnte – wofür er, wie ihm sehr schnell entfallen war, monatelang geübt hatte. Tatsache war, daß er ein Monotechniker blieb und Sex als eine Aufgabe betrachtete, die man Punkt für Punkt abarbeiten mußte: küssen, lecken, vögeln, fertig. Die Reihenfolge mußte dabei strikt eingehalten werden. Wenn Nele ihre Periode hatte, übersprang er den Tagesordnungspunkt »lecken«, aber das machte die Sache in ihren Augen auch nicht besser. Am schlimmsten aber war, daß seine Phantasielosigkeit ansteckend war und Nele schließlich auch keine Abweichung vom Pflichtprogramm mehr einfiel.

Irgendwann fand sie sich in einer Buchhandlung vor dem Regal mit den Sexratgebern wieder, blätterte unentschlossen in einigen Büchern herum und betrachtete die Abbildungen. Alle zehn Sekunden blickte sie sich um und vergewisserte sich, daß niemand sie dabei beobachtete. Schließlich suchte sie »Noch mehr Freude am Sex« aus, weil der Titel Übererfüllung ihrer Wünsche versprach, denn »Freude am Sex« wäre ja auch schon ein Gewinn gewesen. Sie überlegte, mit welchen Worten sie ihrem Freund den Ratgeber überreichen sollte. »Ich dachte, das könnte dich vielleicht inspirieren.« Oder: »Wollen wir das nicht mal gemeinsam durcharbeiten?« Oder: »Das kann man als Weiterbildung von der Steuer absetzen.«

Nele stellte das Buch ins Regal zurück und verließ die Buchhandlung. Zum Glück, dachte sie, führten sie nur eine Wochenendbeziehung.

Auch deshalb also waren ihre Erwartungen so hoch gewesen, als Nele an jenem ersten Abend mit Steffen ins Bett ging. Daß sie dermaßen enttäuscht wurden, frustrierte Nele außerordentlich. Einerseits. Aber andererseits, entschied sie, bestand im Prinzip Hoffnung, daß er irgendwann den Porno-Steffen herauskehrte. Doch auch bei ihren nächsten gemeinsamen Nächten blieb er stumm. Und dann war eben jener Moment erreicht, in dem ihr klar wurde, daß es so nicht weitergehen könne.

Während Steffen neben ihr schlief, den Arm um ihre Taille geschlungen, dachte Nele nach: Wenn dieses unglaublich attraktive Stöhnen, dieser ungebremste Fick-Dialog zu seinem Repertoire gehörte, er aber immer noch keinen Gebrauch davon machte, dann mußte es wohl an ihr liegen. Oder vielmehr daran, wie er sie sah. Was hatte er zu ihr gesagt? Mein Engel. Und: Das ist nicht deine Welt. Mist, dachte sie, ich bin für ihn die Frau zum Heiraten, nicht die Schlampe fürs Bett.

Das, dachte Nele, mußte sie ändern. Und sie entwarf eine Strategie.

»Ich habe für Freitag Theaterkarten besorgt«, sagte Nele.

»Oh, wie schön, was sehen wir uns denn an?« fragte Steffen. Er saß auf dem Flokati vor seinem Sofa, neben sich einen Teller mit verschiedenen Sorten Käse und einem Haufen Kräkker, und hatte die Tagesthemen eingeschaltet. Nele brachte zwei Gläser und eine Flasche Rotwein und setzte sich zu ihm. Gerade war Angela Merkel im Studio zugeschaltet und wurde zur gescheiterten Gesundheitsreform befragt. Grauenvolle Frisur, dachte Nele, dieser Udo Walz kann wirklich gar nichts. Oder verwechselte sie da etwas, und der war nur für Sabine Christiansen zuständig? Und Gerhard Meir schnitt Merkels Haare?

»Redest du nicht mehr mit mir?« fragte Steffen.

»Schampus, Sex und schwarze Wäsche«, sagte Nele. Sie versuchte, völlig selbstverständlich dabei zu wirken, was der Titel des Stücks ihr allerdings verdammt schwermachte.

»Das ist nicht dein Ernst«, sagte Steffen.

»Doch, wieso nicht? Es gibt nicht nur Shakespeare, man kann auch mal was Leichtes und Lustiges anschauen.«

»Shakespeares Komödien sind ausgesprochen lustig.«

»Das weiß ich auch. Ich habe aber eine sehr gute Kritik über die Inszenierung gelesen.«

Das war glatt gelogen. In der Rezension wurden netterweise die fünf Schauspieler gelobt, aber das Stück, so die höfliche Formulierung, sei Geschmackssache.

»Und die Karten sind auch schon bezahlt«, beharrte Nele.

»Was immer du möchtest, mein Schatz«, sagte Steffen, »dein Wunsch sei mir Befehl.«

Ein Reisebus hatte gerade eine Ladung Rentner in beigen, hellgrauen und altrosa Jacken auf den Bürgersteig vor dem Theatereingang ausgeschüttet. Nele bemerkte bei Steffen ein kleines Stirnrunzeln, als er das Publikum musterte. Sie konnte es ihm nicht verübeln. Hand in Hand schoben sie sich durch die grauhaarige Menschenmasse, die, wie Nele zufällig mithörte, eine Reisegruppe aus Coburg war, Franken also.

Das Theater war einem Hotel angegliedert. Man mußte erst an der Rezeption vorbeigehen, dann einen langen Flur entlang, der mit dem Werbeplakat eines Musicals dekoriert war, das, wie Nele wußte, vor einem halben Jahr mangels Erfolg abgesetzt worden war. Dann stapften sie am Frühstücksraum vorbei in den Saal. Reihe 9, Sitz 11 und 12. Steffen trug immer noch diesen befremdeten Ausdruck im Gesicht.

Vorhang auf, Steuerprüfung beim Sex-Versand »Dildo Company«.

»Dildo, das ist ja ulkig«, sagte der ältere Finanzbeamte, »mein Sohn heißt auch Dildo.« Höhöhö. Der bebrillte, übergewichtige Mann auf Platz 10 fand das offenbar sehr lustig. Wahrscheinlich arbeitete er selbst im Finanzamt, dachte Nele.

Der Finanzbeamte auf der Bühne stand auf und ging im Tatterschritt zu einem Regal, in dem die Versandprodukte der Firma ausgestellt waren. Er betrachtete einen Frottee-Teddy, ausgestattet mit einem gigantischen Penis. Der Finanzbeamte beugte sich vor, blickte über den Rand seiner Halbbrille und rief mit hoher Stimme: »Och, ist der goldig!« Dann strich er mit dem Zeigefinger über den Frottee-Penis, begleitet von einem »düdeldüdeldü« in Kastraten-Tonlage. Er wartete auf den Lacher des Publikums, der aber nicht kam. Schließlich tatterte er weiter zu einem Paar mit rosa Plüsch überzogenen Handschellen, das er, dieses Mal kommentarlos, anprobierte.

Mein Gott, dachte Nele, in deutschen Finanzämtern ist doch keiner älter als 57 Jahre, wieso, zum Himmel, spielt er denn einen schwulen achtzigjährigen Beamten? Unter »Schampus, Sex und schwarze Wäsche« hatte sie sich doch etwas deutlich anderes vorgestellt. Wenigstens zog der jüngere Steuerprüfer sich schließlich auf der Bühne aus: muskulös, dunkle Brusthaare, so groß wie Nele selbst. Das entschädigte für so einiges, fand sie.

»Wollen wir nicht gehen?« fragte Steffen in der Pause. Sie standen vor einer Art Kiosk, in dem die Garderobenfrauen Sekt ausschenkten. Sicherheitshalber tranken sie Bier.

»Auf keinen Fall«, antwortete Nele. Vielleicht, hoffte sie, zieht der junge Finanzbeamte sich ja noch mal aus.

Als sie zu Nele nach Hause fuhren, wollte Steffen wissen: »Wieso hast du eigentlich ausgerechnet dieses Stück ausgesucht?«

»Wegen des Titels«, antwortete sie. Das stimmte sogar fast.

»Wegen des Titels?« wiederholte Steffen und blickte sie ungläubig an.

»Ja. Und wegen des Themas.«

»Ach so, verstehe, sozusagen als Motivation, weil du deine Steuererklärung immer noch nicht abgegeben hast? Das ist ja ein lustiger Einfall.« Er schaltete und streichelte dann ihren Oberschenkel. »Typisch Nele.«

Später schliefen sie miteinander. Tonlos, wie immer.

»Ich liebe dich«, sagte Steffen anschließend. Auch wie immer.

Drei Tage später lagen zwei Karten für »Der Widerspenstigen Zähmung« im Schauspielhaus auf Neles Tisch. Auf einem gelben »Post it«-Zettel, der auf den Tickets klebte, stand: »Wegen des Titels.«

Gut, sie hatte nicht auf den sofortigen Durchbruch hoffen können, dachte Nele. Sie wühlte in ihrer Schuhputzbox. Die Dosen mit der Kiwi-Schuhcreme polterten auf den Boden, das Veloursspray hinterher, dann die Wildlederbürste. Und dann hatte Nele das Schlampen-T-Shirt in der Hand. Es war inzwischen übersät mit schwarzen Schuhcremeresten. Sie stopfte es zu den Handtüchern in die Waschmaschine und stellte das 60-Grad-Programm an.

»Schatz, dein T-Shirt hat Flecken«, sagte Steffen, als er Nele am nächsten Tag besuchte. Offenbar fand er die Aufschrift nicht weiter bemerkenswert. Wütend warf Nele das T-Shirt zurück in die Schuhputzbox und zog ihr pinkfarbenes Schlabbershirt mit dem Schriftzug »Mut zur Gemütlichkeit« über. Sehr sexy, dachte sie grimmig, als sie sich damit im Spiegel sah.

»Schon besser«, sagte Steffen und küßte sie.

Es war aussichtslos, dachte Nele.

Aber Nele wäre nicht Nele, wenn sie schon nach zwei Versuchen aufgegeben hätte. Im Feuilleton der »Süddeutschen Zeitung« hatte sie über den Roman eines jungen Engländers gelesen, in dem es nur um gescheiterten Sex zu gehen schien. Vielleicht paßte der in ihren Plan. Nele hoffte, daß er so drastisch geschrieben war, wie der Kritiker behauptete. Sie bestellte das Buch im Internet, bereute das allerdings auf der Stelle, denn nun würde sie vier Tage auf die Lieferung warten müssen.

Sie mußte sogar noch länger warten, da der Paketbote nur einen Schein eingeworfen hatte, statt, wie vorgeschrieben, zu klingeln. Nele war sich jedenfalls absolut sicher, daß sie den ganzen Vormittag zu Hause gewesen war, ohne daß es geschellt hätte. Nun mußte sie das Paket bei der Post abholen.

An dem Tag, an dem Steffen wieder im Porno-Synchronstudio gewesen war, hielt sie den Roman endlich in der Hand. Steffen holte sich ein Glas Orangensaft und warf sich erschöpft aufs Bett. Nele zögerte, dann legte sie das Buch erstmal auf den Stapel mit den noch zu lesenden Romanen. Kein Pulver vorzeitig verschießen. Der Moment schien günstig, es auf dem direkten Weg versuchen.

»Wie war es?« fragte sie und kniete sich auf Steffen.

»Anstrengend, 178 Takes. Vorsicht, du sitzt auf meiner Blase.«

Nele rückte ein Stück zurück.

»Was war deine Rolle?« Sie versuchte, ihre Stimme tiefer, rauchiger klingen zu lassen.

»Ich habe wieder Martino Di Maggio gesprochen.«

»Und was mußtest du sagen?« Ihre Stimme war noch tiefer gerutscht. Mehr Schlafzimmer in fünf Wörtern unterzubringen, dachte Nele, war unmöglich.

»Dasselbe wie immer.«

»Was ist dasselbe wie immer?«

»Och Nele, was soll das denn jetzt werden? Du weißt doch selbst, was für blöde Dialoge es in Pornos gibt.«

»Weiß ich nicht. Ich schaue keine Pornofilme.« O je. War es wirklich klug gewesen, ausgerechnet das zu sagen?

»Dann belassen wir es auch lieber dabei.« Steffen streckte die Arme aus. »Gib mir endlich einen richtigen Begrüßungskuß, mein Schatz.«

Nein, es war tatsächlich nicht klug gewesen. Nele beugte sich gehorsam hinab und küßte ihn. Steffen lächelte sie an.

»Ich habe dir etwas mitgebracht. Schau mal in meinem Rucksack nach.«

Sie stand auf und ging in den Flur, wo sein schwarzer Eastpak-Rucksack auf dem Dielenfußboden stand. Daneben lag Steffens Jacke, die er achtlos hingeworfen hatte. Er könnte endlich mal lernen, seine Sachen aufzuhängen, dachte Nele. Sie öffnete den Reißverschluß.

»Meinst du die weiße Schachtel?« rief sie.

»Ja, genau.«

Nele holte sie heraus und hob den Deckel ab: drei Reihen mit Schokoladenherzen, eingewickelt in rote Folie. Auch das noch, dachte sie.

Es war nicht so, daß es mit Steffen im Bett schlecht war. Er verhielt sich keineswegs wie ein unerfahrener oder unsensibler Liebhaber. Nein, der Punkt war: Nele wollte Sex, und was Steffen ihr gab, fiel eindeutig unter »Liebe machen«. Und so hatte sie jedesmal den Eindruck, die weibliche Hauptrolle in einem romantischen Stummfilm zu spielen. Daß Steffen gerne leidenschaftlichen Jazz der Pianisten Herbie Hancock, Oscar Peterson oder Keith Jarrett laufen ließ, wenn er mit ihr schlief, rundete das Bild in ihren Augen ab. Immerhin hörte sie dann die Stille zwischen ihnen nicht mehr.

Als sie allein zu Hause war, nahm Nele sich den Roman vor, den sie auf dem Bücherstapel deponiert hatte: die Geschichte eines jungen Londoner Paares, das guten Sex haben, alles ausprobieren will, vom Analverkehr bis zum Dreier. Doch nichts glückt ihnen so richtig. Die Handschellen sind zu groß für die Frau, er rutscht beim Versuch, sie in den Hintern zu vögeln, in ihre Vagina, und sie erreicht nie einen Orgasmus, wenn er dabei ist. Nele mochte den ironischen Ton, und die detailreichen Beschreibungen auch. Und das Beste war: Der Roman galt als echte Literatur, der Autor war dafür auf die »Granta List« der »Best Young British Novelists« unter vierzig gesetzt worden. Das würde sie Steffen als erstes sagen.

»Liest du mir etwas vor?« fragte Nele. Sie hatte einen Becher Tee in der Hand, lehnte an der Flurwand und sah zu, wie Steffen ihr Mountainbike reparierte. Er hatte den Boden mit Zeitungspapier ausgelegt, das Rad auf den Kopf gestellt, das Hinterrad herausgenommen, Werkzeug und Schrauben lagen verstreut herum. Gerade reinigte er die Kette und hatte entsprechend ölverschmierte Hände.

»Jetzt?« fragte er.

Ja, jetzt, hätte sie am liebsten geantwortet. Sie kam aber zu dem Schluß, daß ihr Timing nicht gerade perfekt war.

»Nein, ich meine, wenn du fertig bist.«

»Ich dachte, wir wollten ›Schlaflos in Seattle‹ schauen.«

»Ich möchte aber lieber, daß du mir etwas vorliest.«

»Wie kommst du denn jetzt plötzlich darauf? Warum nimmst du dir nicht dein Buch, legst dich gemütlich aufs Bett und liest selbst? Ich mache in der Zeit dein Fahrrad fertig, und dann sehen wir uns um viertel nach acht den Film an.«

»Ich finde aber deine Stimme so schön. Bitte.«

Steffen seufzte, stand auf und legte die Unterarme auf ihre Schultern, so daß er sie nicht mit seinen öligen Händen berührte. Er gab ihr einen zarten Kuß auf die Nase.

»Nele, du bist so süß. Aber ich habe den ganzen Tag lang im Studio ein Hörbuch eingelesen. Ich möchte heute wirklich keine einzige Zeile mehr vorlesen müssen. Verstehst du das? Hm?« Er stubste ihre Nase mit seiner Nasenspitze an.

Was blieb ihr anderes übrig, als zu nicken.

»Aber dann morgen, ja?« sagte sie.

»Da sind wir auf Nicolas Party eingeladen.«

»Dann eben übermorgen.«

»Na klar«, flüsterte Steffen in ihr Ohr.

Nicola, Steffens Ex-Freundin, war genau der Typ Frau, der Nele auch gerne sein wollte: Egal, was sie anzog, sie sah immer sexy aus. Sie war die Hure, aus der nicht einmal eine himmelblaue Bluse von Windsor eine Heilige machen konnte. Als Nicola und ihr neuer Freund sich mit Steffen und Nele mal auf einen Wein in einem Lokal getroffen hatten, trugen beide Frauen zufällig das gleiche H&M-Shirt aus gebrochener Spitze für 19,90 Euro. Nicola sah darin aus, als habe Jean-Paul Gaultier der Männerwelt einen echten Gefallen tun wollen, während sie selbst wirkte, fand Nele, wie eine Kegelvereinsvorsitzende in zu enger Unterwäsche. Noch am selben Abend warf sie das Shirt in den Müll.

Vorsichtshalber holte Nele für Nicolas Party ein weißes T-Shirt und eine bestickte Military-Jacke aus dem Schrank. Der Military-Trend war vorbei, es bestand also nicht die Gefahr, daß sie wieder das gleiche tragen würden. Und tatsächlich, Nele hatte richtig gelegen, war Nicola schon mit der Achtziger-Retromode ausgestattet: blauer, verwaschener Minirock und giftgrüne Strumpfhosen, Stiefel, ein gepunktetes T-Shirt mit Fledermausärmeln und riesigem U-Boot-Ausschnitt, der mal rechts, mal links die Schulter herunterrutschte.

Den ganzen Tag lang hatte Nele hin und her überlegt, wie sie wohl ein Gespräch mit Nicola anfangen und dann unauffällig auf das Thema Sex zu sprechen kommen könnte. Es war ja nicht so ganz üblich, die Ex-Freundin nach ihren intimen Erlebnissen mit dem Verflossenen zu befragen. Nach Mitternacht gelang es Nele endlich, der schwer beschäftigt durch die Räume eilenden Gastgeberin eine Unterhaltung aufzuzwingen. Unglücklicherweise standen sie vor dem Badezimmer, und dauernd drängelten sich Partygäste an ihnen vorbei oder warteten neben ihnen darauf, daß die Toilette freiwurde. Sie wurden also nicht nur ständig unterbrochen, es hörte auch immer jemand mit. Nele hatte sich mit fünf Gläsern Sekt locker gemacht und nahm deshalb nur einen kleinen Gesprächsumweg, bevor sie auf das eigentliche Thema zusteuern wollte. Wie es denn mit dem neuen Freund so gehe? fragte sie. Sehr gut, antwortete Nicola, dann beklagte sie sich aber gleich, er sei beruflich so eingespannt, daß er praktisch nie Zeit habe.

»Auch nicht für das Wichtigste?«

»Und was wäre das?«

»Na ja, du weißt schon.«

»Ach so. Doch, dafür hat er immer Zeit. Er ist doch ein Mann.«

»Und wie ist er so, ich meine, so im Vergleich mit Steffen?«

Nicola blickte Nele mit amüsiertem Erstaunen an. »Das willst du doch nicht wirklich wissen, oder?«

»Sonst würde ich nicht fragen.«

Nicola stieß ein kleines, schnaufendes Lachen hervor. »Also, ich finde, sie haben beide ihre Qualitäten.«

Ausgerechnet jetzt stand Andrea, die Steffen und sie verkuppelt hatte, neben ihnen und wollte zur Toilette. Sie mußte das Gespräch sofort unterbrechen, dachte Nele, aber auch verhindern, daß Nicola es als beendet betrachtete und sich anderen Gästen zuwandte. Und sie mußte die Unterhaltung so weiterführen, daß sie wieder lässig auf das eigentliche Thema zu sprechen kommen konnte. Aber wie? Um Zeit zu gewinnen, nahm Nele eine angebrochene Flasche Sekt vom Sideboard und schenkte Nicola und sich nach. Andrea wartete immer noch vor der Tür. Saß da jemand mit Durchfall auf dem Klo? fragte Nele sich. Willkürlich lobte sie den DJ, obwohl sie gar nicht richtig hingehört hatte, was der auflegte. Nu-Rock oder so etwas vermutlich, was man eben derzeit so hörte. Nicola erzählte, daß er zufällig in der Wohnung über ihr wohnte. Dann war Andrea endlich im Bad verschwunden.

Radikaler Themenwechsel. Frontalangriff. Alles oder nichts.

»Entschuldige, noch mal zurück zu den Qualitäten der beiden. Wie fandest du Steffens Kommunikationsqualitäten?« fragte Nele.

Nicola zog eine Augenbraue hoch.

»Hast du ein bißchen viel getrunken, Nele?«

»Nein, ja, vielleicht auch, aber sag doch mal.«

»Wieso fragst du das? Das mußt du doch inzwischen selbst wissen.«

»Einfach so. Interessiert mich eben.« Wahrscheinlich, dachte Nele, hält Nicola mich langsam für total pervers.

»Steffens, wie hast du das genannt, Kommunikationstalent im Bett? Du meinst, ob ich mit ihm über Sex reden konnte?« vergewisserte Nicola sich.

»So ähnlich.«

Nicola schüttelte ratlos den Kopf.

»Ich weiß echt nicht, worauf du hinaus willst.« Kleine Pause. »Ganz normal.«

Und dann stand Steffen neben ihnen.

»Stör ich?« fragte er. »Redet ihr über mich?«

»Das hättest du wohl gerne«, erwiderte Nicola in so fröhlichem Ton, daß Nele ihre Erleichterung über das abrupte Gesprächsende heraushören konnte, »nein, Nele hat mich gerade nach deinem Nachfolger gefragt.«

»Was für ein langweiliges Thema«, sagte Steffen. Er legte den Arm um Neles Schultern. »Komm, laß uns tanzen gehen. Der DJ hat mir versprochen, was Langsames für uns aufzulegen.«

Ganz normal, dachte Nele, während sie mit Steffen eng umschlungen zu Alicia Keys tanzte, was, um Gottes willen, versteht Nicola bloß unter ganz normal? Wahrscheinlich haben sie sich besinnungslos gevögelt und »deine nasse Muschi ist so geil« und »steck mir deinen Schwanz rein« gebrüllt. Nele legte ihren Kopf auf Steffens Schulter und schmollte vor sich hin.

»Welches ist denn das Buch, aus dem ich dir vorlesen soll?« fragte Steffen am nächsten Tag. Nele saß gerade am Schreibtisch und zerraufte sich die Haare über die endlose Menge von Quittungen, die sie für ihre Steuererklärung sortieren mußte. Jedes Jahr hatte sie den festen Vorsatz, von Anfang an Buch zu führen, alle Restaurantquittungen umgehend auszufüllen und alle Reisedaten in einem Kalender zu notieren, inklusive der Uhrzeiten, wegen des Tagegelds. Nichts davon hatte sie je getan. Ihr fiel der gutaussehende Steuerprüfer aus dem Theaterstück ein. Mit dem wäre es natürlich etwas ganz anderes. Gemeinsam mit ihm würde sie die Belege sogar sehr gern in aller Ausführlichkeit durchgehen.

»Ist es das hier?« Steffen hielt diesen gräßlichen irischen Kitschroman in der Hand, den Frauen angeblich geradezu verschlangen. Wer hatte ihr den noch geschenkt? Ihre Mutter? Es konnte nur ihre Mutter gewesen sein. Sie schenkte Nele grundsätzlich furchtbare Liebesgeschichten, die sie nie las.

»Nein«, sagte Nele. Sie stand vom Schreibtisch auf, ging, gefolgt von Steffen, ins Schlafzimmer und suchte den Roman aus dem Bücherstapel neben dem Bett heraus.

Vorsorglich hatte Nele die Stelle, die sie für besonders geeignet hielt, mit ihrem Lesezeichen markiert. Steffen sollte glauben, daß sie bis dorthin vorgedrungen war.

»Ab hier«, sagte Nele und zeigte auf einen Absatz. Steffen setzte sich aufs Bett, stopfte sich das Kopfkissen in den Rücken und räusperte sich demonstrativ. Nele legte den Kopf auf seinen Schoß. Und hörte zu.

»Sie zog ihren Mund hoch und von Moshes Penis ab. Dann stellte sich Nana auf Händen und Knien über Moshe und ließ die Spitze ihrer Zunge über seine fleischig-flachen Nippel gleiten, pink auf pink.«

Steffens Stimme klang tief und voll. Männlich. Professionell. Leider nicht ganz so wie im Synchronstudio, sondern eher, als würde er einen Text von Christoph Hein vorlesen. Aber die richtige Stelle kommt gleich, dachte Nele, spätestens dann muß er richtig loslegen.

»Moshe sagte zu ihr: ›Sag mir, ich soll dich ficken.‹ Nana lächelte nur mit lüsternen Augen. Er sagte: ›Sag's mir.‹«

Steffen hob das Buch hoch, so daß er Nele ansehen konnte.

»Für so was gewinnt man Preise?« fragte er. »Da steht doch original dasselbe drin wie in den Porno-Drehbüchern. Wieso gilt das eine als Literatur und das andere nicht?«

Eine literaturtheoretische Diskussion war das letzte, was Nele in diesem Moment wollte.

»Liest du bitte weiter?« sagte sie deshalb nur. Beim nächsten Satz, dachte sie, muß er richtig ran.

»Sie sagte: ›Fick mich.‹ Sie sagte es mit lasziver Stimme. Sie sagte: ›Fick mich. Fick mich.‹«

Nein, das konnte nicht wahr sein. Er las immer noch mit sonorer Weltliteratur-Stimme. Im Buch, das wußte Nele genau, war der Text lautmalerisch aufgeschrieben, »fiig miiiich. Fiiig-miiiich«, genau so gestöhnt, wie sie Steffen im Studio gehört hatte.

Vorwurfsvoll unterbrach Nele ihn: »Du gibst dir gar keine richtige Mühe.«

»Natürlich gebe ich mir Mühe«, antwortete Steffen, »aber das ist ein blöder Text. Soll ich jetzt hier herumstöhnen?« Er holte tief Luft. »Fick miiich, jaa, guuut!« Der Porno-Steffen, endlich, jubelte Nele innerlich, es geht ja doch. Zischend sog Steffen die Luft zwischen den Zähnen ein und atmete sie mit einem »aaah« wieder aus.

»Ja, genau so«, sagte Nele zufrieden.

»Und was soll das genau werden? Vorlesepornographie?« Steffens Augenbrauen waren bedenklich nah aneinandergerückt. Und er sprach wieder mit Normalo-Stimme.

»Warum nicht?« schnurrte die Schlafzimmer-Nele.

Steffen überlegte einen Moment, dann klappte er das Buch zu, legte es neben das Bett und rutschte zu Nele herunter. Während er langsam ihre Bluse aufknöpfte, sagte er: »Das machen wir doch lieber selbst.«

»Sehr gute Idee«, bestätigte Schlafzimmer-Nele. Sie ließ die Arme ausgestreckt hinter ihren Kopf fallen. »Fick mich, Martino Di Maggio«, stöhnte sie, ein wenig schüchtern. Der Tonfall schien ihr selbst nicht so ganz gelungen.

Steffen hielt inne. Über sein Gesicht rutschte ein belustigtes Grinsen. »Gut, daß du damit nicht dein Geld verdienen mußt.« Dann schob er seine Hand unter ihren Rücken und öffnete den Haken des BHs, strich ihn ein Stück herunter und küßte zart ihre Brüste. »Ich liebe dich, mein Engel«, sagte er. Das war das letzte, was Nele in der nächsten dreiviertel Stunde von ihm hörte.

Es war zum Verzweifeln. Ihr Ex-Freund hatte im Bett ein routiniertes Ritual durchgezogen, für Steffen ging es ausschließlich um Liebe. Und Nele wollte endlich Sex – echten, direkten, animalischen, dreckigen Sex mit einem Mann, der sich von seiner Leidenschaft laut hörbar davontragen ließ. Martino Steffen Di Maggio.

Nele mußte zugeben, daß Steffen wirklich bezaubernd war. Er dachte sich lauter Überraschungen für sie aus. Einmal spielte er ihr ein selbstkomponiertes Liebeslied auf der Gitarre vor und sang dazu. Die Vorstellung war, künstlerisch gesehen, von zweifelhafter Qualität, aber Nele war trotzdem gerührt. Er brachte ihr Blumen mit oder Werbepostkarten mit Sprüchen wie »P.S. Ich liebe dich« oder »Ich flieg auf dich«, die er in den Gratiskartenständern vor Kneipenklos fand. Wenn er auf Reisen war, stellte er sich vor eine Webcam, und dann sah sie auf ihrem Monitor, wie ein kleiner, unscharfer roter Punkt vor irgendeiner Touristenattraktion auf und ab hüpfte. Er brachte ihr Kaffee ans Bett, kochte für sie und programmierte, laut mit dem Gerät diskutierend, ihr neues, technisch hochgerüstetes ISDN-Telefon, er verstaute die Lampenkabel an der Schlafzimmerdecke unter einer Abdeckung. Er hörte ihr zu, wenn sie über ihre Arbeit jammerte, und nahm sie in den Arm, wenn PMS sie melancholisch machte. Er sagte »mein Engel« zu ihr. Und Nele hätte dennoch soviel lieber »mein Teufel« gehört.

Stundenlang schon hatte sie darüber nachgegrübelt, ob sie nicht doch einfach offen mit ihm sprechen sollte. Aber sie kam zu dem Schluß, daß es dafür nun längst zu spät war. Wenn sie ihm jetzt sagte, was sie im Bett wirklich wollte, würde er glauben, die vergangenen Monate hätte sie ihm etwas vorgemacht. Und vielleicht würde ihm die Huren-Nele gar nicht gefallen? Und schließlich sollte er im Bett auch nicht ihr zuliebe Martino Di Maggio spielen, sondern Martino-Steffen sein. Nein, sie mußte bei ihrer Strategie bleiben, aber vielleicht doch ein bißchen offensiver arbeiten.

Beim Frühstück blätterte Nele in der Stadtillustrierten. Unter der Rubrik »Gastro« wurde mit Text und Foto eine neue Bar vorgestellt. Sie lag mitten im Rotlichtbezirk, zwischen Striplokalen, Pornokinos, Bordellen und Sexshops. Das paßte, dachte Nele, geradezu ideal in ihre Strategie.

»Ich würde mir die gerne mal ansehen«, sagte sie am Abend zu Steffen und zeigte ihm das Foto der Bar, »hast du Lust?«

»Können wir nicht irgendwo hier in der Nähe bleiben? Ich kenne das doch schon: Du trinkst wieder Caipirinhas bis zum Abwinken und ich ein einziges Bier, weil ich noch fahren muß.«

»Nein, wir nehmen die U-Bahn und zurück ein Taxi. Ich will mich mit dir gemeinsam betrinken.«

»Ach so, ein gemeinsamer Alkoholexzeß? Und den ganzen nächsten Tag mit Kopfschmerzen im Bett, gemeinsam mit dir? Ein ausgezeichneter Vorschlag.«

Die Bar war eher eine Lounge, mit Sofas und Sitzwürfeln aus braunem Leder, einem Nußbaum-Tresen und sehr gedämpftem Licht. In dem Viertel mit seinem schäbigen Rotlicht-Charme wirkte sie einigermaßen deplaziert, aber das erklärte wohl ihren Erfolg. Hierher kam man, um in gehobener Atmosphäre ein vages Gefühl von Verruchtheit zu genießen. Steffen und Nele bahnten sich mühsam durch das Gedränge ihren Weg zur Bar, wo ihnen ein bemerkenswert schöner, athletischer Schwarzer, der aus der Nike-Werbung entsprungen zu sein schien, zwei Caipirinhas mixte. Er hatte die Ärmel seines weißen Hemdes hochgekrempelt, und Nele bewunderte seine muskulösen Unterarme, während er die Cocktails schüttelte.

Es war entscheidend, genau den richtigen Alkoholpegel zu erreichen – nicht zu niedrig, sonst würde Steffen seine kritische Distanz wahren; nicht zu hoch, weil er dann nichts mehr mitbekam. Drei Caipirinhas, hatte Nele überlegt, wären das richtige Level. Sie wollte eigentlich bei einem Cocktail bleiben, um den Überblick zu behalten, aber dann kam sie auf den Geschmack, und etwas nervös war sie auch, dagegen war Alkohol ein hervorragendes Mittel, und außerdem bestellte Steffen immer gleich zwei Caipirinhas. Als Nele sich schließlich nicht mehr sicher war, ob sie nicht möglicherweise schon vier Cocktails getrunken hatten, dachte sie, jetzt sei es dringend Zeit zu gehen. Als sie die Bar verließen, bemerkte sie, daß der Boden leicht schwankte. Sie legte den Finger auf ihre Nasenspitze und drückte leicht. Fühlte sich taub an – ein sicheres Zeichen, daß sie betrunken war. Steffen dagegen wirkte noch ziemlich gefaßt.

»Laß uns ein Stück zu Fuß gehen«, sagte Nele. Sie konnte frische Luft zwar verdammt gut gebrauchen, aber vor allem wollte sie ihren Plan umsetzen. Noch lieber hätte sie allerdings erstmal einen starken Kaffee getrunken, aber auf diese Idee hätte sie in der Bar kommen sollen.

Sie schlenderten Arm in Arm durch den Rotlichtbezirk, Nele zog Steffen zu den Schaufenstern, um mit ihm die Auslagen der Geschäfte zu diskutieren: Overknee-Lackstiefel, Lederkorsetts, Wäsche. Als sie am größten Sexshop des Viertels vorbeikamen, sagte Nele: »Komm, laß uns da mal reingehen.«

»Muß das sein?« fragte Steffen. »Ich möchte wirklich gerne nach Hause.«

»Ja, das muß sein«, antwortete Nele und zog ihn in den grellweiß neonbeleuchteten Eingang.

Vorne hing die Playboy-Unterwäsche-Kollektion – das Konventionellste im ganzen Laden, das jeder fränkische Tourist seiner Frau mitbringen konnte, ohne daß sie gleich wegen seelischer Grausamkeit die Scheidung einreichte. Dann kamen Reihen von Vibratoren in bunten Pappkartons mit Zellophanfenster. Dildos in allen Farben und Größen und Materialien, glatt oder genoppt, mit Extra-Horn für die Klitoris. Artischocken für Analverkehr, zum Teil von, wie Nele fand, erschreckender Größe. Dann entdeckte sie Penis-Kopien von Pornostars, angeblich um 30 Prozent verkleinert und trotzdem imponierend lang und dick.

»Gibt es auch einen von Martino Di Maggio?« flüsterte Nele Steffen ins Ohr.

»Du bist albern«, antwortete er.

Nur widerstrebend ließ er sich weiterzerren. Die Wäscheabteilung. Nele zeigte auf eine Puppe, die mit Corsage und halterlosen Strümpfen bekleidet war.

»Möchtest du, daß ich auch mal so etwas im Bett anziehe?«

»Nein, ich möchte, daß wir nach Hause gehen. Außerdem möchte ich auch ganz prinzipiell nicht, daß du im Bett etwas anziehst, sondern daß du dich ausziehst.«

»Das kann ich ja anschließend tun«, schlug Nele vor. Steffen seufzte nur. »Gehen wir jetzt?«

Nein, das kam gar nicht in Frage. Sie stiegen auf einer Stahltreppe in den ersten Stock hinauf. Nele sah Unmengen von schwarzem Gummi, hautenge Anzüge, Catsuits mit Reißverschlüssen zwischen den Beinen, Ledermasken mit einer aufknöpfbaren Öffnung für den Mund. Eine pummelige Blondine saß auf einer Bank, neben ihr ein unscheinbarer blasser Mann, offensichtlich ein paar Jahre jünger als sie. Die beiden ließen sich von einem Verkäufer Lackhosen zeigen. Nele versuchte, sich die Frau im Bett vorzustellen, in glänzendes Schwarz gezwängt.

Steffen betrachtete inzwischen mit fragendem Gesicht die weißen Krankenschwester-Kittel, die wohl kaum über den Po reichen konnten.

»Ich könnte dir darin Kamillentee servieren, wenn du erkältest bist«, sagte die Schlafzimmer-Nele.

»Und dir dabei selbst eine Blasenentzündung holen?« Er befühlte den Stoff und sagte kopfschüttelnd: »119 Euro. Und das ist noch nicht mal reine Baumwolle.«

Und dann entdeckte Nele an der Wand einen schwarzen Ledersack, der mit einer langen Reihe von Metallschnallen zu verschließen war.

»Was macht man denn damit?« fragte sie.

»Klaustrophobiespiele, Unterwerfungsspiele«, antwortete der junge Verkäufer, der plötzlich neben ihr aufgetaucht war.

»Unterwerfung kommt für dich ja wohl eher nicht in Frage«, sagte Steffen.

Nele stellte sich vor, wie sich eine riesige Lederlarve krümmend und wieder streckend durch ihr Schlafzimmer wand. Für wen sollte das erotisch sein, für die Larve oder für den Larvenbesitzer? Und was stellte man mit dieser Larve überhaupt an? Machte man an den entscheidenden Stellen mal kurz die Schnallen auf? Ließ man die Larve dann stundenlang unbeachtet in der Ecke herumliegen, wenn man sie nicht brauchte? Nele war einigermaßen ratlos.

»Sei mir nicht böse, aber ich warte draußen auf dich«, sagte Steffen und verschwand zwischen den Ständern mit den Uniformen.

»Kann ich dir helfen?« fragte der Verkäufer. Nele hatte ihn schon völlig vergessen.

»Ja«, antwortete sie kurzentschlossen, »ich suche Sexspielzeug für Anfänger.«

»Hm. Also die meisten nehmen als erstes Handschellen und vielleicht noch einen Vibrator. Aber Vibratoren haben wir hier oben nicht, die gibt es nur unten.«

»Na, dann Handschellen.«

Sie entschied sich für zwei Paar silberner Handschellen, die sie an die Karnevalsabteilung erinnerten, mal abgesehen von dem zartlila Plüsch, mit dem sie bezogen waren. 12,90 Euro pro Stück. Das war die Sache auf jeden Fall wert. Sie verzichtete auf eine Tüte und stopfte die Handschellen in ihre Jackentasche, damit Steffen nicht sah, daß sie etwas gekauft hatte. Beim Hinausgehen kam sie an der Videoabteilung vorbei. Wahrscheinlich, dachte sie, gibt es dort die Pornos mit Martino Di Maggio, und sie hatte ein unbestimmtes Gefühl von Sehnsucht.

»Und? Hast du was gefunden?« fragte Steffen.

»Ja, dich«, sagte Nele und küßte ihn.

Als sie das nächste Mal im Bett waren und schmusten und Steffen sich gerade auf sie legen wollte, flüsterte Nele: »Warte mal, ich habe etwas für uns besorgt.« Sie drehte sich unter ihm weg, beugte sich über den Matratzenrand und tastete unter dem Bett herum. Als sie wieder auftauchte, hielt sie ihm die Handschellen hin.

»Schau mal! Handschellen.«

»Das sehe ich. Ist dir langweilig mit mir?« Es war klar, daß er das fragen würde.

»Jetzt sei doch nicht sofort beleidigt. Man kann doch mal etwas Neues ausprobieren.«

»Ich fand es bisher sehr, sehr schön mit dir.«

»Aber darum geht es doch gar nicht.«

»Nein? Also gut, wenn du unbedingt willst.« Steffen streckte ihr seine Handgelenke entgegen und schloß die Augen, als würde er sich einem furchtbaren Schicksal fügen. »Dann fessele mich, und ich bin dein willenloses Opfer.«

»Nein, du sollst mich fesseln.«

»Meinetwegen auch das.«

Er nahm ihre Handgelenke, küßte sie zärtlich und legte ihr, wie Nele fand, ziemlich routiniert die Handschellen an, die mit lautem Knacken einrasteten. Anschließend schloß er sie links und rechts an den Kirschholzstreben des Bettkopfteils an. Wie oft hat er das eigentlich schon gemacht? überlegte Nele. Und mit wem? Mit Nicola? Na klar, mit Nicola, mit wem sonst. Bestimmt hat er sich die Grundtechnik beim Porno-Synchronisieren abgeschaut und dann gemeinsam mit ihr das Handbuch »Fesselsex für Fortgeschrittene« Kapitel für Kapitel durchgearbeitet.

Steffen kniete zwischen Neles gespreizten Beinen und betrachtete das Gesamtkunstwerk. Ein kühler Luftzug wehte über ihren nackten Bauch. Sie wollte aufstehen, um das Fenster zu schließen, aber dann fiel ihr ein, daß das gerade schlecht möglich war. Sie könnte Steffen mit Schlafzimmer-Nele-Stimme bitten, es zuzumachen, als Einstieg ins Spiel. Nein, zwecklos, das würde er nie kapieren.

»Du bist wunderschön«, sagte Steffen und strahlte sie an.

»Hast du Lust auf mich?« fragte Nele.

»Ja.«

Also Fragen, die er mit ja oder nein beantworten konnte, dachte Nele, waren unergiebig.

»Sag mir, was du mit mir machen willst.«

»Dich ansehen.«

»Neiiin«, jaulte Nele, »so geht das nicht! Du mußt mir sagen, daß du mich ficken willst.«

Er legte den Kopf schräg. »Ich liebe dich, Nele.« Seine Stimme war sanft und leise.

»Du sollst mich ficken wollen«, sagte sie.

Steffen seufzte ergeben, dann legte er sich auf sie und streichelte über ihren Kopf. Er küßte sie zart auf die Lippen und wanderte mit seinem Mund zu ihrem Ohr. Er flüsterte: »Ich will dich ficken, mein kleiner Engel.«

Nele lag als großes X auf dem Rücken, wußte nicht, ob sie Steffen herunterschubsen oder umarmen wollte und grollte mit sich selbst, weil weder das eine noch das andere möglich war.

Gab es überhaupt noch Hoffnung, daß sie aus dem liebevollen Steffen jemals den wüsten Martino Di Maggio herausholen konnte? Sollte sie besser aufgeben und den Steuerprüfer anrufen? Nele saß auf dem Bett, spielte mit den Handschellen und rief sich Steffens tiefes, männlich-heiseres Stöhnen in Erinnerung, das sie im Studio gehört hatte. Solche Lust, dachte sie, kann man doch nur spielen, wenn man sie auch schon empfunden hat. Noch einen Versuch würde sie machen, beschloß Nele. Sie mußte nur die richtige Gelegenheit finden.

Doch sie mußte sich gar nicht auf die Suche machen. Steffen rief sie auf dem Handy an, als sie gerade im Supermarkt vor dem Kühlregal stand und sich nicht zwischen Yakult, Actimel und Nestlé LC 1 und deren Varianten entscheiden konnte.

»Nicola war ganz begeistert von dieser spanischen Performance-Gruppe, die hier gerade gastiert. La Fura dels Baus. Kennst du die?«

»Ich glaube, ich habe mal davon gehört. Sind das die, die immer mit der Kettensäge durchs Publikum gehen?«

Nele war mehr mit der Frage beschäftigt, ob sie die chemisch aufgeladene Light-Variante oder die überzuckerte normale Sorte nehmen sollte, als daß sie sich auf das Gespräch konzentrierte.

»Kann sein. Wie ich Nicola verstanden habe, ist das so eine Mischung aus Theater und Artistik, und es geht irgendwie um Philosophie. Hast du Lust, dir das mit mir anzusehen?«

Philosophie, kein Wunder, daß Steffen das vorschlug. Aber daß Nicola so etwas Intellektuelles gut fand? Merkwürdig. Nestlé kam nicht in Frage, das war so ein fieser Konzerngigant. Andererseits war Danone auch nicht besser. Trotzdem: Actimel oder Yakult? Actimel.

»Nele? Bist du noch da?«

»Ja, ich bin noch da. Können wir gerne machen.«

»Wann hast du denn Zeit? Freitag oder Samstag?«

Sollte sie ausnahmsweise die Vanille-Variante nehmen? Oder Orange? Aber die gab es beide nur mit Zucker.

»Hallo? Hörst du mir zu?« fragte Steffen. »Wo bist du überhaupt?«

»Beim Einkaufen. Willst du Actimel lieber mit Vanille- oder mit Orangen-Geschmack?«

»Das ist mir vollkommen egal. Also wann nun: Freitag oder Samstag?«

»Samstag. Nein, lieber Freitag. Oder, nein, doch Samstag.«

»Samstag«, wiederholte Steffen, mit leichtem Seufzen in der Stimme, »aber dabei bleibt es dann bitte auch.«

Nele griff ins Kühlregal und nahm Actimel natur, Vanille und Orange heraus. Damit sie beim nächsten Einkauf eine bessere Entscheidungsbasis hatte.

Die Zuschauer drängelten sich im Foyer des Theaters. Steffen machte sich auf den Weg zur Garderobe, um ihre Jacken abzugeben. Nele kaufte in der Zeit einer jungen Frau im schwarzen T-Shirt, die behauptete, es gebe nur noch drei letzte Exemplare, ein Programmheft ab. Überflüssiger Marketingtrick, fand Nele und blätterte in dem schwarz-roten Hochglanzmagazin. Halbnackte Frauen mit gespreizten Beinen. Ein riesiger Penis drohend vor einer Vagina. Gefesselte Frauen. Von wegen Philosophie und intellektuell, dachte sie, Pornographie und sensuell wäre entschieden treffender. Die Show hieß »XXX« und basierte, wie sie in dem Einführungstext las, auf einem Roman vom Marquis de Sade: Ein Ex-Pornostar führt ein junges Mädchen in den Sex ein. Na, da würde Steffen gleich große Augen machen.

Nele schaute sich suchend nach ihm um, und dabei fiel ihr Blick auf ein Pärchen in schwarzem Leder, irgendwo zwischen Punk und S&M. Eine Frau im schwarzen Lackmini. Die anderen wußten offenbar, was auf sie zukommen würde, dachte Nele. Als Steffen zurückgekehrt war, drückte sie ihm das Programmheft in die Hand.

»Schau mal rein«, sagte Nele, »ich bin da drüben bei den T-Shirts.«

An dem Merchandising-Stand lagen nicht nur die üblichen Shirts mit dem Logo der Theatertruppe aus, es gab auch schwarze Unterwäsche. Nele tastete in der Hosentasche nach den Geldscheinen, die sie noch schnell eingesteckt hatte, bevor sie ins Theater fuhren. Den G-String aus schwarzer Spitze vielleicht? Und den passenden BH? Jetzt oder nie, dachte sie. »Gibt es das noch in Größe M?« fragte sie.

Steffen las immer noch im Programmheft, als sie zu ihm zurückkehrte.

»Und, was denkst du?« fragte Nele.

»Ich hatte mir unter Philosophie etwas anderes vorgestellt, und ich wundere mich ehrlich gesagt ein bißchen über Nicolas Geschmack.«

Er wunderte sich über Nicolas Geschmack? Ob das ein Witz sein sollte?

»Das muß an ihrem neuen Freund liegen«, sagte Steffen nachdenklich, »aber lassen wir uns einfach überraschen.«

Ihre Plätze lagen in der Mitte und waren die letzten, die in der Reihe frei waren. So mußten alle für Steffen und Nele aufstehen, und wie immer war Nele unsicher, ob man fremden Menschen den Hintern oder die Brüste entgegenstreckte. Als sie saßen, entdeckte sie ein paar Reihen vor ihnen einen Mann mit dunklen Haaren, der ihr bekannt vorkam. Sehr bekannt sogar. Der Bühnen-Steuerprüfer, dachte sie, was macht denn der hier? Dann fiel ihr ein, daß er samstags bestimmt selbst Theater spielte, sie mußte sich also täuschen. Trotzdem fixierte Nele ihn und wartete darauf, daß er seinen Kopf drehte und sie sich vergewissern konnte. Doch das Licht ging aus, ohne daß sie sein Gesicht gesehen hatte.

Über die Lautsprecher verkündete eine Stimme, daß die Show nur für Erwachsene ab 18 Jahren zugelassen sei. Eine gute Nachricht, fand Nele, denn das hieß, daß die Bilder im Programmheft nicht zuviel versprochen hatten.

Ein Scheinwerfer richtete sich auf ein rundes Podest, das von innen weiß beleuchtet war. Darauf lagen eine Frau in schwarzer Spitzenwäsche (war das die gleiche, die sie gerade eben am Eingang gekauft hatte? überlegte Nele) und ein nacktes junges Mädchen. Die Frau küßte langsam die Brüste des Mädchens, streichelte ihren Körper, ließ dann vorsichtig die Hand zwischen die Beine wandern. Ein Mann in weißer Hose und nacktem Oberkörper trat aus dem Dunkeln, in der Hand eine Videokamera. Er filmte die beiden, das Bild erschien auf der meterhohen Leinwand hinter der Bühne. Das Mädchen spreizte willig die Beine, die Frau drückte ihren Kopf dazwischen, die Kamera dicht daneben, auf der Leinwand die Umrisse der Oberschenkel, die Mitte gepixelt. Ein zweiter Mann stand plötzlich neben dem Podest und zog einen langen Gummipenis aus der Hose. Er packte das Mädchen und drehte es um, das nun schrie vor Angst und Schmerzen, denn er zwang es zum Analverkehr, die Frau hielt den verzweifelt bockenden Körper fest. Die Leinwand zeigte Videobilder vom Gummipenis, der Rest bestand aus unscharfen, flimmernden Quadraten, die lediglich eine Ahnung vom Geschehen auf der Bühne vermittelten.

Vorsichtig blickte Nele zu Steffen. Er starrte regungslos auf die Bühne, schien noch nicht mal zu bemerken, daß sie ihn betrachtete. Sie dachte darüber nach, was sie von dem Sex-Theater halten sollte. War es als Aufklärung gedacht oder als Abschreckung? Sollte es an- oder abtörnen? Oder war das alles ein großer Witz über das Publikum, das sich nach Tabubrüchen sehnte, die seit dreihundert Jahren keine mehr waren?

Die ersten Zuschauer verließen türenschlagend den Theatersaal. Steffen blickte sich um und grinste. Inzwischen waren die Schauspieler von der Bühne gestiegen und gingen durch den Saal auf der Suche nach einem geeigneten Opfer. Einen Augenblick lang, so schien es Nele, hatten sie den Steuerprüfer im Visier. Dann gingen sie zurück in Richtung der Bühne, stoppten und zerrten aus der dritten Reihe einen jungen Mann in schwarzer, geschnürter Lederhose auf die Bühne. Das Mädchen öffnete den Reißverschluß seiner Hose, pulte seinen Schwanz heraus, rollte ein Kondom darüber und nahm ihn in den Mund. Ist das echt? fragte Nele sich, doch bevor sie eine Antwort gefunden hatte, hörte das Mädchen auf, und der Mann beschwerte sich sofort. Das war echt, dachte Nele. Oder war das der Trick, damit es authentisch wirkte?

Später wälzten die vier Schauspieler sich in Spaghetti mit Soße und Schlagsahne; sie wickelten das Mädchen in Frischhaltefolie und demonstrierten mit Hilfe einer Gummivagina, wie man eine Frau oral befriedigt. Nochmals wagte Nele einen Blick zu Steffen. Sie fand, daß er irgendwie gelangweilt aussah. Wahrscheinlich war er der Meinung, das alles längst zu wissen und selbstverständlich auch zu beherrschen. So ganz falsch, mußte sie zugeben, lag er damit nicht.

Nun vergewaltigte die Tochter ihre Mutter anal mit einem Gummipenis, erwürgte sie und entsorgte die Leiche im Müllcontainer. Am Ende hielt der böse Sex-Maniac, der, wie Nele vermutete, Marquis de Sade symbolisieren sollte, einen Vortrag über Tabubrüche und verkündete, daß sexuelle Freiheit Grundlage einer freieren und damit auch besseren Welt sei.

»Hat es dir gefallen?« fragte Nele, als sie Arm in Arm mit Steffen den Saal verließ.

»Nein, überhaupt nicht. Es war furchtbar. Ich verstehe nicht, wie Nicola uns das empfehlen konnte. Es tut mir leid, mein Schatz, daß ich dich da reingeschleppt habe.«

»Ich fand es teilweise ganz interessant«, sagte Nele.

Steffen bot an, sich an der Schlange vor der Garderobe anzustellen.

»Ich muß noch mal schnell zur Toilette«, sagte sie.

In der Kabine schob sie sich einen Finger in die Hose. Sie wollte sich vergewissern, daß sie tatsächlich naß war zwischen den Beinen. Sie roch an dem glänzenden Finger und lutschte ihn dann ab. Diese idiotische Performance hatte sie erregt. Aber wenn es ihr so gegangen war, warum nicht auch Steffen? Vielleicht konnte sie ihn von der gerade auf der Bühne vorgeführten These überzeugen, daß sexuelle Befreiung das Leben schöner macht.

Als Steffen später am Abend aus der Küche kam, wo er sich noch ein Bier aus dem Kühlschrank geholt hatte, saß Nele auf dem Bett. Sie trug nichts als den schwarzen Spitzen-BH und den G-String aus dem Theater.

»Holla, was ist denn das?« fragte Steffen. Er stand, die Flasche in der Hand, im Türrahmen und musterte sie. Sein Gesichtsausdruck schwankte zwischen distanzierter Ironie und fröhlichem Interesse.

»Das ist sexuelle Befreiung im XXX-Format«, antwortete Nele, »ich habe mir nämlich vorgenommen, die Welt zu verbessern.«

»Darf ich da mitmachen?«

»Ich bitte darum. Die Revolution braucht jeden Mann.«

Steffen kniete sich vor Nele. Seine Hand wanderte ihre Hüfte hoch und schob sich unter das Taillengummi des G-String. In diesem Moment fiel ihm das aufgenähte »La Fura dels Baus«-Logo auf.

»Oh, das ist also die Uniform der Bewegung«, sagte er und ließ das Gummiband zurückschnappen, »die Sache ist dir offenbar sehr ernst.«

Dann begann er, Nele zu küssen. Sie entzog sich ihm.

»Willst du nicht?« fragte er.

»Das ist doch nur ein Spiel.«

»Aber wie soll ich denn bei der Revolution mitmachen, wenn die Revolution mich nicht mitmachen läßt?«

»Indem du sie von der Ernsthaftigkeit deines Anliegens überzeugst, vielleicht?«

Er drückte ihr einen Kuß auf die Nasenspitze. »Ich liebe dich.«

»Die Revolution ist ein gewalttätiger Akt. Liebe ist da nicht vorgesehen.«

»Das ist das alte Modell. Seit den Siebzigern heißt es: Make love, not war.«

»Das ist antiquiert. Und funktioniert hat es auch nie.« Langsam hatte Nele das Gefühl, in eine Podiumsdiskussion zu Grundsatzfragen der Moderne verwickelt zu sein.

»Gut, du hast es nicht anders gewollt«, sagte Steffen, »dann beginne ich jetzt mit dem gewaltsamen Umsturz.« Er faßte Nele an den Schultern und warf sie auf den Rücken. Während er sie küßte und gleichzeitig mit einem Arm niederdrückte, öffnete er mit der freien Hand seine Hose. Dann zerrte er ihren G-String hinunter und legte sich auf sie. Nele spürte das Drängen seines erigierten Schwanzes zwischen ihren Beinen. Martino Di Maggio, jubelte sie, ich wußte es doch.

Doch dann hielt Steffen inne. Er blickte sie an. »Mein revolutionärer Engel«, flüsterte er, »ich liebe dich wirklich sehr.« Leicht schubste er die Spitze seines Schwanzes gegen sie. »Darf ich?« fragte er.

In diesem Moment sah Nele ein, daß es zwecklos war. Martino Steffen Di Maggio existierte einfach nicht.

Am nächsten Tag stopfte Nele den G-String und den Spitzen-BH in den Kasten mit dem Schuhputzzeug. Dann holte sie die Handschellen aus der Schublade und steckte sie in ihre Crumpler-Schultertasche. In ihrem Portemonnaie fand sie zwischen Taxi-Quittungen und einem Gutschein für die Autowaschanlage den Kassenbon. Sie zog den Mantel an und machte sich auf den Weg.

»Kann ich die zurückgeben?« fragte Nele die Verkäuferin in der Sex-Boutique.

»Haben Sie den Bon noch?«

Nele gab ihr den Zettel.

»Kein Problem«, sagte die Verkäuferin, »aber ich kann Ihnen nur einen Gutschein ausstellen. Geld geben wir grundsätzlich nicht zurück.«

»Das macht nichts. Ich suche mir dafür jetzt gleich etwas anderes aus.«

Nele ging an den Dildo-Regalen vorbei zur Videoabteilung. Sie stöberte gar nicht erst lange herum, sondern steuerte direkt auf den Verkäufer zu und fragte: »Haben Sie ›Fuck for Fun‹ mit Martino Di Maggio?«

Mit der DVD in einer unauffälligen schwarzen Plastiktüte verließ sie den Laden. Dann eben so, dachte Nele. Sie war noch nicht mal unzufrieden.